職場上司惡靈退散符

직장 상사 악령 퇴치부

李砂丘 이사구 著

張雅眉 譯

目次

隔間噪音彼此訣別符

隔壁鄰居吵到我快發瘋。離崩潰就差一步了。只要能讓隔壁安靜下來，我什麼事都願意做，不管是下咒或任何事。

我住在首爾一棟五層公寓的套房。這裡一樓是不動產辦公室，二樓開始每層有三戶。我一年前搬到這裡的５０２號，雖然月租不便宜，但周遭有乾淨的步道，還有直達公司的地鐵，而且房東也不住在這裡，不會遇到他，所以才選擇承租這間房子。實際住進來後我也很滿意。至少在一個月前是這樣。

最近我才發現這棟房子的隔音非常糟。本來我隔壁的５０３號住的是在附近大學醫院工作的護理師。他住在這裡的期間，我從來沒聽過噪音，所以不曉得這裡的隔音有問題。

是我想得太單純了。之前我並不知道，那純粹是因為隔壁的護理師每天都值夜班，晚上沒辦法回家，所以才很安靜。一個月前新的住戶搬進來後，這個錯誤的信心就破滅了。

新搬進來的人是在附近大學就學的二十歲出頭男性。這一點可以從我進出家門偶爾遇見他當時的穿著和生活作息推測出來。其實，就算不推理，這些事光是憑從牆壁另一頭傳來的對話內容也可以得知。他的個人資訊每天晚上都穿過薄薄的牆、傳入隔壁間的我家裡，儘管我一點都不想知道。

問題不只是房子的隔音而已。那個男的有女朋友，而且幾乎每天都帶回家來。他們兩個每天晚上都在深聊。我躺在套房裡緊貼著牆擺放的床上，被迫聆聽他們完整的對話過程。喔，他女友年紀比較大啊！原來他們是在路上偶然認識的。原來那個女的跟家人一起住，所以才老是過來這裡。我獨自喃喃自語著他們之間的點點滴滴。

他們的對話內容還算可愛，最糟糕的是他們發生關係的時候。我聽到哼哼啊啊的聲音時，還以為他們是在房間裡做運動。然而，當興奮的喘息聲連續不斷地傳來，我才終於明白。

這兩個傢伙現在正在做愛，在這裡窄得要命的床上。

好吧，做是可以做，想做多少就做多少。但是我有什麼罪？非得隔著一片薄薄的牆聽到這些聲音？難道他們能夠斷言自己的性自由權在我的睡眠權之上嗎？

一想到這裡，我就氣得躺在床上對著牆壁一頓敲打。不過，我的怒火終究只是淒涼地響個幾聲，就被他們的激情淹沒了。

◊　◊　◊

上班的途中，睡眠不足造成的頭痛讓我忍不住用手緊按著頭，心想：「我一定要做點什麼才行。」無論如何，必須讓他們停止製造噪音，重新找回我的睡眠。不管要用什麼方法。

一開始，我嘗試用物理性方法。我從大創買來一支小橡膠槌，有事沒事就往牆上敲。隔壁在吵的時候，我當然會敲，而且還會隨時想敲就敲，好讓他也感受看看我的痛苦。問題是，503號幾乎沒有不吵的時候。他女友來的時候一定會很吵鬧，就算兩個人沒待在一起，也會講電話發出噪音。在隔壁很吵的時候用槌子敲牆壁，並未發揮多大的效果。我必須尋找其他方法。

首先我試著聯絡房東，委婉地向他表示房子的噪音問題很嚴重，結果他立刻敏感地回我一句「生活裡難免會製造出噪音」，徹底無視我說的話。簽約的時候，我就覺得他是個很難溝通的老人。果然。我嘆口氣，掛掉電話。

我只好在網路上搜尋各種方法，而且全都試過一遍，包括張貼警告標誌、用音響緊貼著牆壁播鬧鬼的聲音、用藍芽麥克風大聲叫他小聲點。不過，隔壁鄰居非常堅決。就算他假裝安靜了一下，沒過幾小時又會回到原本的狀態。

快被逼瘋的我想到了一個新的方法，那就是寫「符咒」。別問我怎麼會想到那裡去，每個人至少都有一、兩個祕密。

我在YouTube上面搜尋「寫符咒的方法」，結果出現了各式各樣的符咒。我在關鍵詞前面多加了「分手」兩個字，然後重新搜尋，最上頭出現了一個縮圖顯示「寫符咒讓討厭的情侶分手……真的有效嗎？」的影片，頻道名稱是「巫女姐姐」，追蹤人數有十八萬。我點了進去。

不同於幼稚的文案，那位看起來像頻道主持人的小姐，說明得既簡潔又有說服力。偶爾拋出來的笑話甚至讓人覺得她相當風趣。我當下將影片重播了五次，心裡打定了主意——立刻開始寫符咒吧！該準備的東西和製作方法都已經在我的腦海裡，接下來只要去執行就好。我帶著悲壯的覺悟下定決心。

關鍵是：如何把符咒放到隔壁家裡？根據巫女姐姐的說法，符咒必須要由目標對象持有，或是放置在目標對象的家中，效果才會好。然而，我雖然曾經跟隔壁的男人打過照面，卻從未跟他說過話。我們之間唯一的溝通就只有他發出噪音、我回敲牆壁而已。這樣是要怎讓他拿走符咒（甚至還是讓他跟自己女友分手的符咒）呢？這時，我想到一個點子。

◊ ◊ ◊

我目前在科技業擔任ＵＸ／ＵＩ設計師。ＵＸ是指「使用者體驗」（User

Experience），ＵＩ則是「使用者介面」（User Interface）的縮寫，在我們公司等於是打雜的，要負責設計各種東西。因此，各種類型的設計，基本上我都會做。

所以，如果我把符咒設計成傳單、貼在５０３號房的門上會怎麼樣？如果是那個男人會感興趣的內容，一定會把傳單撕下來拿進家裡。除此之外我也考慮過瓦斯檢測通知單、水費繳納通知等等，但這些有可能會觸犯法律，所以最終還是決定做成傳單。

要選定那個男人會感興趣的主題並不困難。根據穿透牆壁的對話內容，那男的最近正在煩惱要不要上健身房。我在Google上搜尋健身房，然後開啟Photoshop，把搜尋結果中看起來適合的圖像剪下來、貼上。還放上健美運動員的照片，假裝成教練，再用大號字體強調「三個月九萬九千元」[1]這破天荒的低價，然後又稍微加工，讓它看起來真的很像貼在社區入口處的健身房傳單。我在聯繫人的欄位填上自己的手機號碼，打算若真有人打電話過來，就隨便敷衍一下。這些都完成後，因為擔心跟我的號碼連動的通訊軟體成為破綻，於是把軟體的用戶名稱改成我的英文名字母縮寫，也把頭像換成健美運動員的照片。雖然公司同事可能會覺得有點奇怪，但我只要藉口說自己最近喜歡身材好的男人就行了。對我而言，解決當下這個問題就是這麼重要。

1　本書提及的金額皆為韓圜。此處折合台幣約兩千四百元左右。

幾天之後，我在網路下單訂做的一百張傳單送到了。在長達六年的設計師資歷中，這可以說是相當令人滿意的傑作。我拿出事先準備好的檸檬汁和毛筆。以前我在《兒童科學東亞》上讀過：用檸檬汁寫的字，雖然肉眼看不到，但用火去烤紙張時，字跡就會浮現出來。我要用這個方法製造肉眼看不見的祕密符咒。把一張傳單翻到背面，我拿起毛筆開始寫。因為已經練習過很多次，現在我可以毫不費力地寫下去。寫完最後一劃、挪開毛筆的那一瞬間，我渾身都在顫抖。

好了，完成了。雖然我不知道用檸檬汁在亮面紙張上寫的符咒會有多大效果，但不管怎麼說，這都是我的第一件作品。

我剪好膠帶，貼到三張傳單上，然後打開房門，左右轉頭確認有沒有人。一個人都沒有。我在這一樓的三戶人家大門上都貼了傳單。如果只有自己家門上有貼，隔壁的男人應該會覺得很奇怪。希望住在501號的人對健身沒有興趣。

晚上十點左右，我聽見隔壁的男人回來的聲響。一聽到他「哐」地關上大門，我忍不住跑出去確認。貼在門上的傳單不見了。計畫成功了。擔心他是撕下來丟掉，於是我掃視了大門周遭一番。很乾淨，什麼東西都沒有。我帶著輕快的心情回到房裡。

那一天，隔壁的男人依舊整晚在講電話。儘管已經凌晨兩點鐘，而我隔天早上八點要出門上班，但我還是笑著入睡了，因為明天有嶄新的希望。

◊　◊　◊

隔天開始發生了驚人的變化。原本幾乎每天都會從牆壁另一頭傳過來的女人聲音，我再也沒聽到了，取而代之的是男人哭聲。

男人每天都哭，而且他從來都不光是哭而已，而是一邊跟朋友通話、一邊發出哭聲，同時還不停哀嘆女人變心、自己處境淒涼。他的聲音聽起來忽高忽低，大概也喝得爛醉如泥。

我再次因為隔壁的噪音而無法入睡。這是我引起的悲劇嗎？隔壁的男人哭得那麼傷心，是因為我寫的符咒奇蹟似地發揮功效嗎？雖然說我並非不期待符咒發揮效果，卻也沒想到它真的能順利發揮作用。隨著隔壁男人崩潰的狀態清楚地傳入耳中，罪惡感也在我心中蔓延開來。

而且最重要的是，我的目的是讓隔壁的男人和戀人分手後別再發出噪音，但現在他的哭聲音量還超出平常的分貝，當中更夾雜許多粗話。與其如此，還不如聽到呻吟聲。我忍不住在轉輾難眠時低聲抱怨。

每次上下班經過隔壁時，我都陷入了苦惱。要不要把符咒收回來？要怎麼收回來？我的大腦一片混亂，不斷浮現「在走廊安裝小型監視器、弄到密碼，然後趁男人不在家時潛入，把傳單拿出來」這一類辦法。這百分之百是犯罪行為。再怎麼著急，還是別越線比較好。我對自己說了一遍又一遍，像在洗腦自己一樣。

另一方面，我心裡又有些懷疑。這真的是符咒造成的結果嗎？原來符咒真的有效嗎？科學上不是完全沒有證實嗎？我彷彿完全忘了自己當初那麼興奮地寫符咒，反過來懷疑民間信仰的可信度。其實我都知道，這種矛盾的心理來自於闖禍的罪惡感。

我實在沒辦法再獨自煩惱下去，於是下定決心直接去問「巫女姐姐」！我再次打開YouTube頁面、找到「巫女姐姐」的頻道。搜尋一會兒後，我發現她有提供諮詢商業合作的電子郵件地址。「雖然不是要找妳合作……」我一邊喃喃自語、一邊撰寫郵件。

巫女姐姐：

您好，我是「巫女姐姐」頻道的忠實粉絲。

很感謝您總是提供優質的符咒製作方式和跳神方法的影片。

之所以寫信給您，

是因為我最近看了一支您上傳的符咒製作影片，並嘗試跟著影片做。

影片標題是：「寫符咒讓討厭的情侶分手……真的有效嗎？」

我家隔壁那對情侶製造的噪音，對我的生活造成很大的不便，所以我一找到這支影片，就興沖沖地照樣寫了符咒。

驚人的是，沒過幾天，隔壁的情侶真的分手了。

問題是，失戀讓隔壁的男子悲傷欲絕，每天又哭又叫。

害他們分手讓我覺得有點抱歉，而且現在的噪音比之前的還嚴重，我每天都過得比以前更痛苦。

因此，方便的話，我想詢問以下幾個問題：

1. 真的是符咒的效果導致他們分手的嗎？
2. 如果是，還有辦法消除嗎？

我會持續透過訂閱和點讚來表達對您的支持。

以上，謝謝您。

粉絲金夏容敬上

隔天，我在上班的時候收到了電子郵件的新通知，趕快跑到廁所裡確認信件內容。

金夏容小姐，

您好，我是巫女姐姐。

您寄來的信件，我收到了。得知您為隔壁的噪音所苦，我也覺得很遺憾。

不過，先說結論，我在 YouTube 上示範製作方法的符咒是沒有效果的。畢竟如果所有人都能輕易寫出符咒，會製造出很多問題。

另外，考慮到與我相同業界的其他從業人員，我也不能洩漏我們行業的祕密。因此我的 YouTube 頻道只是提供大眾娛樂，同時用來宣傳我自己的品牌而已。

影片中的符咒也如標題所寫的，不具有強大效力，只是用來驅除雜靈的基本符咒，況且普通人寫的符咒也無法發揮很大的作用。

因此，金夏容小姐家隔壁的情侶之所以會分手純屬偶然，不用太過擔心。

除此之外，關於您的提問，如果想要破壞符咒的效果，只需要將符咒撕碎就可以了。

感謝您一直以來持續收看我的影片。

巫女姐姐敬上

（P.S. 如果您想購買有效果的符咒，可以上 Google 搜尋「符咒姐姐」，然後選擇需要的種類下單即可。）

我坐在馬桶上發愣。意思是，這一切都只是偶然而已嗎？關係那麼親密的情侶在我寫符咒的隔天馬上就分手了誒！

我關掉手機，到外頭洗手。冰涼的水一碰到手背，我就清醒過來。沒錯，偶然的確有可能發生。比起用符咒拆散一對情侶，他們一夜之間突然情變還比較有可信度。巫女都否認了，符咒不可能有效，所以我沒什麼好煩惱的，也不需要再覺得抱歉。

我關上水龍頭，用力地甩甩手，彷彿想把這些念頭也一併甩掉。不過，我還是一直有種不太對勁的感覺。

◊　◊　◊

不管心情鬱悶還是輕鬆，我一樣都得工作，一轉眼就到了下班時間。我像平常那樣走回住家所在的公寓。爬到五樓時，儘管我已經踏出腳，感應燈卻沒有跟著亮起來。之前就跟房東提過了，看來他到現在都還沒有修理。就在我穿越黑暗朝走廊走去的時候，突然感覺到旁邊有人。有個人坐在通往屋頂的樓梯上，一個穿著帽T而且連衣帽拉到頭上的男性。那男的大步朝我走過來，抓住我的手臂，粗魯地對我說：

「妳搞什麼？」

遇到突發狀況，我整個人僵住了，不曉得是要放聲尖叫，還是要跑下樓梯。不過，等我的眼睛熟悉了黑暗，男人的容貌開始清晰起來。我記得曾經在走廊上遇過他幾次。這個讓我以為是某個精神不正常的男人，正是我的隔壁鄰居。

「503號？」

「這是妳貼的吧？」

男人劈頭就打斷我的話，還把一張紙推到我眼前。那是我做的健身房傳單，不對，是符咒。在沒想到的時間和地點看到自己的作品，讓我的腦袋亂成一團。

「不是，不是我。」

我當下立即否認。就算他有心證，也很難查出真的是我貼的。男人突然拿出手機打電話。在我搞懂狀況之前，我手裡的手機已經開始震動，是不認識的號碼打來的。

「還裝蒜，明明就是妳的電話號碼。」

男人一隻手指著傳單上的電話號碼，一隻手抓住我的手臂。那是我自己寫上去的，我的電話號碼。被抓包了。掌握到情況的那一瞬間，我什麼話都說不出口。

「妳到底做了什麼？」

「就只是宣傳用的傳單而已啊！其實我正在經營健身房……」

「才怪，妳一定動了什麼手腳，不然反應不會是這樣！」

男人仍抓著我的手臂。他的手勁越來越大，我開始覺得痛了。我揮出沒被抓住的那隻手去打男人的手腕，逼他鬆手。

「我完全聽不懂你在說什麼。請你先把話講清楚。」

男人瞪著我，大大喘了幾口氣後，開始說自己的事。幾天前，他女朋友跟他一起回家，卻在走到家門口的時候突然掉頭離開，然後就打電話跟他分手。男人大受打擊，追問女友分手的原因，女友卻不輕易開口。他糾纏好一陣子後，女友才留下一句類似謎語的話：「有人把你家弄得很奇怪。」

男人傷心了許久後，心裡產生一股強烈的渴望，決心要解決問題，讓女友重新回到自己身邊。「家」、「弄得很奇怪」、「有人」。他反覆咀嚼女友留下的訊息，咀嚼到都快爛了，才終於想到我這個鄰居──之前嫌他吵而狂敲牆壁，還在大門上貼便條紙警告的那個人。「是不是那人為了報復而做了『什麼』？」

為了搜集我的資訊，男人在這一帶展開調查，也從我家門前的快遞箱上得知我的姓名和電話號碼，再進一步確認了和我的電話號碼綁定的通訊軟體大頭貼。不巧的是，那時我的大頭貼照片還沒換掉，仍是那個面帶笑容、身材很好的健美運動員。一看到那個照片，男人就覺得非常眼熟，想起了那張被他貼在冰箱上的健身房傳單──跟傳單上一模一樣的臉，還有我的電話號碼。

雖然不清楚具體是怎麼回事，但他很篤定鄰居就是元凶，於是滿肚子火地在這裡等我回來。

把男人語無倫次的發言整理過後大概就是這樣。

「妳動了手腳吧？妳到底做了什麼？」

「我哪有……」

「把它恢復原狀，恢復原狀！我要妳恢復原狀！」

男人用雙手抓住我的肩膀大力晃動。他的眼睛發紅，一臉快哭出來的樣子，精神狀態看起來不太正常。我的身子無力地跟著男人的手勁晃動，大腦同時在整理思緒。

沒錯，我的確貼了符咒，不過巫女不是說那沒效果嗎？那麼最合理的解釋，應該是他因為自己的問題而被甩了吧？但他為何這樣對我？其實他只是需要一個出氣筒吧？

疲憊的大腦被各種想法搞得很混亂的同時，一股怒氣逐漸湧上我的心頭。平常這個時間我應該是躺在床上看 YouTube 影片。現在卻被隔壁的男人抓著當出氣筒。而且，他看起來比我小很多，為什麼不說敬語？我看起來很好欺負嗎？他一開始不要吵不就沒事了，是誰先害人因為睡眠不足而崩潰的？好累。為什麼這樣，為什麼要這樣對我？

「你幹嘛對我發瘋！」

我一邊大叫、一邊用力推開男人的肩膀。男人腳下一個踉蹌往後退。我趁機把傳單搶過來撕碎。這種假的符咒只要毀掉就好了。被撕成碎片的傳單，散落了一地。男人盯著眼前的景象愣住了。

這時，傳來了上樓的腳步聲。走廊的燈光亮起後，我看見站在燈光下的女人：高䠷苗條的身材，沒有血色的臉蛋，感覺是個危險的女人。

「別鬧了你。」

「花英……」

從男人的反應來看，她應該就是那個讓他哭得死去活來的女友。女人用眼神和我打個招呼後，就帶著男人走進家裡，只剩我一個人留在走廊上。

我不曉得該如何理解這種荒謬的狀況，只是呆呆盯著隔壁的大門看。我想到一句正適合形容這種狀況的俗語——追雞之犬徒望屋脊[2]。在這裡「追雞之犬」是我，而「屋脊」是那扇門。不對，或許我的處境比較接近被狗追的雞？哈哈哈，我笑出聲來。回家吧！先休息再說。我解開門鎖後，走進自己家裡。

洗完澡後，我躺在床上，拿出手機播放吵鬧的影片，試著忘記剛剛經歷的一片混亂。快速轉換的畫面刺激著我的神經。後來，我突然冒出一個念頭，跟剛剛發生的事有關。他憑什麼對我發火？情侶吵架為什麼波及到我？我才是那個被隔間噪音搞到一整個月都睡不好的受害者耶！

隔壁又再次傳來咚咚咚的噪音。怒氣一下子湧了上來。我關掉眼前的手機畫面，總覺得至少要說一句什麼才能消氣。拜託給我安靜下來！我套上外套，打開大門。走廊冷颼颼的。我穿過寒冷的空氣，站到隔壁的大門前。奇怪的是，他們家沒有關門，作為第二層保護的安全門鎖也沒扣上，讓門直接對外開著，留下一道門縫。我正準備敲門時，發現屋裡變得很安靜，於是我停下動作，朝裡面看進去。透過門縫，我看到那個剛才見過的女人「花英」。那女人站著高舉單手，而且手裡正抓著某個東西。

2 韓國俗諺，以追著雞的狗看見雞跑上屋頂的情境來比喻無可奈何的情況。

因為看不太清楚，所以我往旁邊移動了一下。

結果出現在我眼前的是令人難以置信的景象——就算親眼看見，也沒辦法輕易相信。女人的手緊緊抓住隔壁男人的脖子，正在使勁勒緊，而且還是用單手，就像抓玩偶那樣輕鬆。男人的臉部漲紅、眼睛上吊，只露出眼白，四肢彷彿失去抵抗的力氣那般無力垂下。即使如此，女人似乎仍然在加重力道，男人開始口吐白沫，感覺下一秒就會斷氣。我腦袋變得一片空白，連尖叫聲都發不出來。但我也沒有移開視線，而是呆呆地繼續盯著那一幕看。

這時傳來了「啪」一聲，男人的頭爆開了，血液啪嗒啪嗒濺得四處都是。某個不知道是腦髓還是什麼的東西，跟著鮮血一起流到地上。女人眼睛眨都不眨一下，擦掉沾到臉上的血跡後，彎腰把男人的上衣往上拉到胸口的位置，接著豎起指甲，把手放到男人的胸口上，然後一鼓作氣穿入男人的身軀。她的手在男人身體裡攪動了一番，掏出一個看起來像是心臟的東西，然後喀吱喀吱咀嚼起來。

發生在眼前的這一幕超現實情景害我一陣噁心。雖然我摀住了嘴巴，但還是忍不住乾嘔。而當我嘴裡一發出「嘔」的聲響，原本背對著我的女人轉過頭來，和我四目相對。

「她說不定會殺了我。」這念頭一閃而過，才讓我終於有辦法挪動僵硬的雙腿。我回到家門前，企圖用顫抖著的手開門。然而，雖然是每天都在按的密碼，現在卻因為太過緊張而一直按錯。後頭傳來有人走近的腳步聲。一定是那個女人，不對，是那個怪物。當腳步聲近到幾乎從我的正後方傳來，我終於打開了門鎖，趕緊開門跑進去，卻沒聽到門鎖上的聲音。

我回頭一看，一隻沾了血的手正抓著門板。我兩腳一軟，跌坐到地上。大門被猛地整個拉開，女人的身影出現在我眼前。那雙瞪著我、紅到發光的眼睛，彷彿立刻就要把我吞吃掉。我只能蜷縮在地上，渾身顫抖著。

但奇怪的是，女人沒有任何作為。我微微抬起頭，透過手臂間的縫隙看向她。女人靜靜地往我這邊看了一會兒後，轉身咻地走掉了。我聽見門鎖自動鎖上的聲音，然後昏了過去。

◇　◇　◇

幾天後，房東打電話給我，說隔壁的男人死了，還小心翼翼地問我關於這件事知不知道什麼線索。他說男人死亡之後，公寓入口處的監視器什麼都沒拍到，簡直是見鬼了。我煩惱了一下後，表示自己跟隔壁鄰居沒什麼交流，而且在幾天前回了老家，所以什麼都不清楚。實際上，當時我一恢復意識，馬上逃回位於京畿道的老家，因為我實在不想再待在那個有不明怪物出沒的地方。房東說他知道了，然後掛斷電話。

不久後，警察找上了我。由於我就住在案發現場的隔壁，這種事也無法避免。我對警察說了謊，說自己是透過房東得知隔壁男人的死訊，而在男人死亡當晚，我因為很累，早早就睡了，完全沒注意到發生了什麼事。警察雖然看起來不太相信，但也沒有懷疑到我身上，因為他們不僅沒查出跟我有關的證據，那具屍體毀損的狀況也相當怪異，奇特到很難相信一個年輕女性有辦法做到。

我有一陣子過得像個廢人，只要待著不動，當時的畫面就會一直在腦海裡重播：腦袋爆裂的男人，流出來的內臟，撲鼻而來的血腥味。為了忘記這些畫面，我只有埋首於工作。我每天都加班，甚至還把雜務帶回家處理。職場上司還開我玩笑，問我最近怎麼變得這麼勤勞。我聽了只是笑笑，什麼都說不出口。儘管我拚命透過工作逃避現實，但每到要睡覺的時候，依舊會想起那時候的事。我的心理絕妙地察覺到這份被壓抑的不安，進而製造出惡夢。不曉得從什麼時候開始，在夢裡被勒脖子的人變成了我，我的頭爆開來，心臟被女人掏出來吃掉。旁觀這一切的另一個我跟女人四目相對，然後在那個女人為了抓我而追上來時，我從夢裡醒了過來。

媽媽看我的狀況越來越糟，要我把租的套房退掉，直接回老家住。她應該是擔心以我現在這副模樣，就算回去租屋處，也沒辦法自己正常吃飯、過生活。儘管租約還剩下幾個月，我還是決定要退租，因為我不可能再回去住那間套房。

但我還是得整理剩下的家當，所以至少要回去一趟。在倉促決定要退租的那天，家人偏偏都很忙，我也沒辦法自己搬運行李，於是請了搬家公司幫忙。這間我在當中生活了一年多的套房本來就很小，所以家當不多。我的生活軌跡很快就被分類好、裝箱，載上了卡車。

搬家公司的員工要我最後再檢查看看有沒有遺漏的東西後就先下樓去。我在空房間裡仔細掃視了一圈。看起來非常乾淨，像是沒人住過一樣。現在真的得走了。我準備離開房間。

然而，當我轉過身時，突然看見套房附的書桌下某一角，遺落了一張紙片。我撿起來一看，發現是之前製作的假傳單。在寫符咒的時候，我曾經拿了幾張來練習，看來是其中一張掉到地上了。我沒有多想，很自然地把紙張翻到背面一看。

本來背面應該什麼都看不見才對，因為我故意使用了檸檬汁來寫字，結果那裡卻畫著一個清晰的符咒，顏色看起來像是被烤過了一樣，感覺彷彿被使用過。

我想起之前巫女姐姐在信件中說過的話——我製作的符咒是用來驅趕雜靈的符咒。

在此同時，好幾個畫面浮現在我的腦海中：女人那不像人類的模樣；一把符咒貼到隔壁家後，女人就不曾再來過公寓；女人沒有進到我家裡，又或者是她進不來。

拼圖一下子全都拼起來了。我清楚地意識到自己做了什麼事，而它曾經讓我因此守護了某個人，結果又再次讓那個人死去。

職場上司惡靈退散符

我的職場上司不正常。可能會有人說這句話是同義詞疊用，因為職場上司本來就沒有正常的，有必要這樣特別強調嗎？即使如此，我還是能很篤定地說：「我的職場上司最近真的很不正常。」

我是在中小科技公司工作的UX／UI設計師，已經在這間公司任職五年。我原本在廣告代理公司從事內容設計的工作，後來因為愛污辱人格的經理和把我當奴隸的客戶而差點恐慌症發作，因此打算換工作，最後順利轉職到科技公司。

科技、革新、開放！平等的文化和自由奔放的討論氛圍，根據工作表現分配認股權，還有可愛的吉祥物！這些都是科技業的代表性形象。在公司裡用英文名字，在公司走道上溜滑板──或許我是被這些經常出現在電視上的員工形象給吸引了。

現實卻不是這麼回事。不曉得電視上那些公司是否真是那樣，但這裡的確不是。迎接我的是眾生平等的加班、奔放不羈的工作體系、與工作能力相應的內部鬥爭和小巧可愛的月薪。

眾多的缺點當中，最讓我痛苦的就是我的職場上司韓經理。韓經理明明就是設計組的主管，卻不懂設計。我來這間公司後才頭一次知道，一名設計師竟然有可能連 Photoshop 都不會用，更別說 Illustrator 了。小學時就喜歡玩 Photoshop 的我，感覺都還比現在的韓經理擅長設計。

我也想過，因為他是經理，所以只要懂得管理就行了，但是韓經理連這一點都做不到。別說什麼管理，他根本是只會干涉：我看不清楚，把字體調大一點；暗色系會趕走福氣，把它換成亮色系；顧客以女性居多，在角落放一下花的照片；理由不重要，只管照我說的去做就好。上述這些讓人無言的干涉甚至還不及經理提出來的百分之一。「不好意思，您是否可以就修正方向提出相關的根據？」當我實在沒辦法被說服而開口詢問時，他總是回答「沒什麼原因」，毫無任何理論或經驗支持，純粹只是「沒什麼原因」。

就那樣，我含著眼淚把自己的設計弄得一團糟。幾個月後，從某個比我早進公司的晚輩那裡，我聽到了令人震驚的建議。

「不用改也沒關係，反正韓經理不會知道。」

結果真的是那樣。韓經理的智商大概只有雞的水準，連自己吩咐要改哪個部分都不記得。當我假裝煩惱了好幾個小時，然後再次交出一模一樣的設計案時……

「很好，我不是早就說了嗎？這樣改就對了。」

他也只是像這樣讚歎自己毫無貢獻的美感。

除此之外，他還把自己的業務推給我做，如果我做得好就把功勞搶走，自己卻在工作時間都不工作，光躺在按摩椅上睡覺。這類的行為接連不斷發生，害我壓力大到都快掉頭髮。

後來，大約半個月前，我已經開始打聽預防掉髮的洗髮精時，韓經理變了，就像改過自新了一樣。首先，他不會再煩人地胡亂批評。韓經理不再強迫組員接受自己的意見，反而積極採納我們的設計，而且給予正面的回饋。他那張總是喋喋不休的嘴也安靜了下來。本來除了在按摩椅上睡午覺的時間，韓經理不時都在自誇或者教訓別人，但他變了之後，比起說自己的事情，更專注於傾聽，很認真聽組員們講話。吃午餐的時候、工作的時候、聚餐的時候，他都只是保持沉默，靜靜聽我們聊天。

問題一堆的韓經理似乎真的洗心革面，變成一個全新的人。組員們都在開心慶祝，驚嘆怎麼會有這麼好的事。

只有我一個人覺得很可疑。

本來，韓經理雖然無能，對公司的事還是非常關心的，但現在他就算看到版面沒有居中導致一邊的留白過多，字體也被色彩鮮豔的背景吃掉的狗屎設計時，也只是像太陽能公仔那樣呆呆地點個頭而已。

除此之外，韓經理的沉默看起來更像是在「偷聽」別人對話，特別是私人的話題。如果我們在聊上個週末或是休假的計畫，他會停下來偷偷往這邊看，和我們一對上眼後又慌張地把頭轉過去。

不過，這種程度不算很嚴重的問題。更重要的是，他不再做出沒禮貌、讓人不愉快的行為，真的感覺滿好的。

後來大概又過了一個星期吧，有一次我剛好跟韓經理同時搭電梯。一進電梯裡，韓經理就跟我搭話。我強忍住厭惡的情緒，笑著回話。

「金主任妳是一個人住對吧？」

「我最近回老家住了。」

「為什麼？一個人住不好嗎？」

「是很好沒錯，只是最近突然覺得有點害怕。」

「沒想到妳是膽小鬼。」

「哈哈哈……不過，經理你應該也是跟父母一起住吧？」

「喔，對啊。這個年紀還跟父母一起住真的不太容易。」

「應該要時常照顧他們吧？」

「是啊，而且都到這個年紀了還要被別人唸。」

「被媽媽唸嗎？」

「對啊，昨天也被她唸了一頓。」

我們就這樣尷尬地聊著天，後來「叮」的一聲，電梯抵達了目的地樓層，門很快就開啟，韓經理先出了電梯。在我打算邁出步伐的瞬間，突然想起一件稍早忘了的事實。

韓經理的媽媽，不是已經去世了嗎？

我明明聽他說過，朴次長也有去參加葬禮，那他怎麼還會說昨天被媽媽唸了？

就在我心裡一陣慌亂時，門再次關上，電梯開始往下降，讓我在電梯裡反覆咀嚼韓經理剛剛說的話。

◇　◇　◇

在解開這件事的疑惑之前，我又目擊了另一個事件，就發生在幾天前。

飢腸轆轆的午後，我走向茶水間，準備拿一些餅乾來吃。以防萬一，我先往裡面看了看，果然發現韓經理在茶水間裡。如果打照面了又會變得很麻煩，於是我暫時躲在門邊等，同時繼續偷看著茶水間內，尋找適合進去的時機。

這時，一隻小蟑螂從茶水間的抽屜下方爬了出來。真的很噁心，害我很想要尖叫，但我努力捂住自己的嘴巴，因為不想被韓經理發現我站在門口，也很好奇韓經理會有的反應。韓經理非常討厭蟲子。連膽小的我都曾經因為韓經理的關係，被逼著去幫忙捉蟲子。

蟑螂往上爬過抽屜，往韓經理放咖啡杯的地方接近。等一下就能看到他的崩潰現場。我興致勃勃地注視著眼前的情況。

然而，韓經理完全沒做出我預期中的反應，只是死死盯著蟑螂看。我本來想說他是不是被嚇到僵住了，可是他的臉上又什麼表情都沒有。結果，他突然朝蟑螂那邊伸出雙手，瞬間把蟑螂困在手裡舉起來。

完全是意料之外的發展。在我出神地盯著眼前這一幕時，更衝擊人的事情發生了——韓經理把手湊到嘴邊，然後「呼嚕」一口吞進肚子裡。吞了什麼？蟑螂。接著，當他彷彿補刀一般、動起嘴巴那一瞬間，傳來了類似咀嚼蠶蛹的聲音。

我感覺快吐了，趕緊捂住自己嘴巴。這時，韓經理突然飛快轉過頭。我急忙遠離門邊，快步往回走，打開辦公室的門後在自己的位置上坐好，並且打開螢幕假裝自己在工作。

韓經理很快回到辦公室裡，大聲問所有組員：

「剛剛有人來茶水間嗎？」

大家都搖搖頭表示自己沒去。我也避開他的視線，表現出跟大家一致的態度。幸好沒有人注意到我剛剛有離開辦公室。

雖然經歷了這一連串的事件，但我還是沒辦法跟公司的其他人說，因為實在太奇怪了。如果只是有點奇怪的行為，我大概會在他的背後說閒話，但現在的狀況已經怪到了極致，韓經理好像不是韓經理一樣。

我只能獨自發愁煩惱，直到某個喝了酒回到家的晚上，我下定了決心：在網路社群上發表文章看看吧！有個我經常逛的社群論壇，上面可以看到各種世界上曲折離奇又有趣的故事。我點進網頁，按下「發表文章」的按鈕。

〔分類〕黑特職場
〔標題〕突然變善良的瘋子上司，但總覺得有些蹊蹺。

大家好，我是在某中小企業工作的設計師。我的經理真的很蠢。他甚至有個綽號叫做「木雞」。不過，最近……

我把韓經理最近有問題的舉動和怪異行為都列了出來。文章發送出去後，我又拿著手機發呆了五分鐘，最後在醉意湧上來時暈睡過去。

◇　◇　◇

隔天，我宿醉得很厲害，整天都覺得胃不舒服，頭也很痛，直到晚上才有辦法起身離床。晚餐吃著粥的時候，我突然想起自己昨天在論壇上發文的事。這竟然被我忘得一乾二淨。我立刻打開社群論壇的應用程式。

打開程式後，通知欄位顯示的數字讓我不禁懷疑自己的眼睛。五十六則通知？點進去後，發現都是回覆我文章的留言通知。更驚人的是，我的文章竟然出現在「本日發燒」欄位。我立刻點進留言，飛快讀了起來。

前半部的留言大多是在抱怨自己的上司，還有關於「人會吃蟑螂 vs. 人不會吃蟑螂」的歪樓討論。搞什麼啊？他們到底有沒有讀我的文章？我一邊對網友的閱讀理解能力感到失望，一邊繼續往下讀。

結果在瀏覽到大約一半的地方，我看到了一則推薦人數特別多的長篇留言。

〔tomorrow9〕

我就直說了，樓主現在的處境看起來非常危險。

真的讓人非常擔心。
有些人會在某些時候表現出和自己原本模樣完全不同的言行舉止。
但偶爾會有極少數人的變化超出一般的程度。
甚至做出原本完全想像不到的事。
這種人有很高的機率是被其他東西附身了。所謂其他的東西……就是惡鬼這一類的。
啃食人類的鬼魂。
會像寄生蟲那樣奪走人的身體。
這種狀況下，比起被惡鬼附身的本人，周遭的人可能更危險。
鬼魂為了自己的活動和生存，沒辦法殺害當事人，就像把人當成宿主那樣。
但是周遭的人呢？
牠想殺就能殺。
因為惡鬼圖的就是盡可能吃掉更多的生命。
不曉得你的上司突然改變之後，有沒有打聽樓主和其他員工的私生活，或是跟你們裝熟？
比如詢問你們是不是獨居、下班後是否一個人回家等等。

如果有上述情況發生，請馬上逃跑。
牠可能正在覬覦你和周遭同事的性命。
趕快逃跑。拜託。
（推薦人數）216

我渾身起了雞皮疙瘩。他說的全都是事實。韓經理很關心組員的私生活，而且還問過我是不是自己住。這些內容我沒有寫在文章裡，他怎麼會知道？惡鬼？竟然說是惡鬼？韓經理被惡鬼附身了？

更下面的留言似乎都受到這則長篇留言的影響，大部分的反應都是「好可怕」、「起雞皮疙瘩」。還有人很擔心我，或是要我馬上辭掉工作。

不對吧，再怎麼樣都不能辭職吧？太不像話了。這一切都不是真的。不過是被一個熱愛超現實現象的網友碰巧說中了而已。什麼被鬼附身，根本是不可能的事！

雖然我很想這樣相信，換作是以前的我也鐵定會那樣想，但我其實很清楚，那種東西真的存在。我親眼看過：可以輕易把人頭捏爆的怪力，一對視就會讓身體僵住的陰森感。就在我覺得反胃的時候，有一則通知傳來。是私訊。

〔tomorrow9〕
我讀了你的文章後很擔心，所以私訊你。
我認識一個能解決這種問題的超厲害巫女，
你需要幫助嗎？

◇　◇　◇

就這樣，我生平第一次拜訪算命店，店名是「日月將軍」，是那位寫了長篇留言後又私訊我的「tomorrow9」推薦的巫女。

不同於我對「算命店」的印象，那地方位於時尚商圈的建築物一樓。我找到「日月將軍」的招牌後站在店門口，透過深呼吸來調適心情。其實我有點害怕，因為我是頭一次來「這種地方」。不過，我必須克服。我不能辭職。下定決心後，我用力拉開店門。

但一進到店裡，我就看到一個倒掛的人：一頭翻過來往下散落的亂髮、一雙無力下垂的手臂，還有下面那一對瞪著我的眼睛。

「呀啊！」

我放聲尖叫，摀著臉癱坐在地上。那是鬼。我很肯定是自己是一頭撞進鬼的懷裡了。那是鬼，那是鬼啊！

「嚇死人啊妳。」

這時，原本倒立的人緩緩抬起上半身，整個人隨即恢復到水平狀態，然後又往另一邊下降，只露出一部分的後腦勺。

我睜開眼再仔細一瞧，原來是倒掛機，不是鬼。這是一種輔助人倒掛的運動器材，在散步步道上或健身房裡經常能看到。那個從機器上下來的女人，對著我說：

「妳在幹嘛，過去那邊坐。」

「這裡怎麼會有那個……」

「對血液循環很好。」

我渾身無力呆坐在地。算命店裡為什麼有倒掛機？這人為什麼要掛在那上頭？我繼續坐在地上發愣，那個女人，也就是巫女，在我眼前「噠」的一聲彈指。聽到這聲響，我才回過神，勉強地站起身來，跟著女人走。

走到裡面後，我看到其中一面牆壁上擺設著神堂，壁面貼了一幅西洋畫風的將軍圖像，旁邊有蠟燭、佛像和花等等，布置得五彩繽紛。我被華麗的景象吸引住，一直盯著看時，聽到有人在叫我。

「坐前面。」

我回頭一看，發現巫女隔著中間的大書桌坐在一張皮椅上，她的對面有一張看起來是留給我的空椅子。我按照巫女的吩咐坐到椅子上。

「妳過來是有什麼事？」

「啊，因為我的上司……」

巫女一邊問我問題，一邊把原本披散的頭髮綁成馬尾。她頂著猶如古代將軍一般俐落的髮型，還有一對彷彿馬上能看穿人的銳利眼神。她身上穿著端莊的白襯衫，就算坐著看起來也很高。我看著她那副模樣，突然有種似曾相似的感覺。高中同學嗎？還是前公司的客戶？後來，瞬間有個畫面快速閃過我的腦中。

「巫女姐姐！」

她就是我為了解決隔壁情侶惱人的噪音問題而動手寫符咒時，參考的那支影片裡的主角，也就是有十八萬粉絲的 Youtuber「巫女姐姐」。寫符咒時我重複看了影片好多次，所以還記得那張臉。

「妳是我的粉絲？很高興見到妳。」

彷彿見到藝人的心情只維持了一瞬間，我馬上又想起之前和符咒有關的悲慘結局。或許那個符咒就是我第一次見到非人類存在的契機。

而眼前的這一位，正是告訴我怎麼寫那個符咒的人。驚人的緣份讓我相當興奮，不禁滔滔不絕地說起那時發生的事。

「其實我上次寫符咒的時候……」

「巫女姐姐」專注地聽我說話，表情不知道為什麼看起來有點嚴肅。等我一說完，「巫女姐姐」就問：

「那時候寫的符咒，妳還留著嗎？」

「當然丟掉了，因為覺得很不吉利，不過我有拍下來。」

我拿出手機，把之前拍下符咒的照片秀給「巫女姐姐」看。她把照片放大、仔細看了一會兒後，把手機還給我，然後盯著我的臉瞧。

「妳今天是為了這件事來的嗎？不是吧？」

不愧是巫女，已經掌握到我此行的目的。我開門見山，直接講重點：

「我正為了上司的事而非常煩惱。」

我把韓經理改變後發生的事全部說給「巫女姐姐」聽，尤其是當他說到去世的母親時，表現的像母親還活著一樣，還有曾經把蟑螂抓起來吃掉的事蹟。聽完我說的話，「巫女姐姐」的表情非常嚴肅。一股不安在我內心深處蔓延開來。「巫女姐姐」深思了一番後，開口說：

「這個狀況可能有點危險。」

「真的嗎？哪種危險？該怎麼辦？」

「巫女姐姐」停頓了一下，接著說：

「首先，妳的上司現在被惡鬼附身了。我很肯定這一點。」

「惡鬼？」

這種說法好像在哪裡聽過。在我發布於論壇的文章下面，那篇很長的留言裡就是用這個字眼來稱呼韓經理。

「一種非人類的存在，鬼。牠們會入侵人體，奪走身軀，然後去傷害其他人。妳剛剛說那個人表現出跟之前完全不同的言行舉止，這正是惡鬼的特性。」

她的說明和留言的內容很類似。光是讀那則留言，我還很難完全接受，但是重複聽到同樣的內容後，讓我有種自己以前不曾理解的某個龐大概念正在眼前展開的感覺。當我陷入沉思，「巫女姐姐」再次開口：

「還有，妳上次寫符咒時看到的那個女人，那個也是惡鬼。」

「那個也是？」

「人類的力氣沒有那麼大，而且妳說她吃了心臟。就像我們人要吃飯，惡鬼吃的是心臟。這樣牠們就能得到精氣，變得更強大。」

那股力量果然不是人類會有的。我回想起女人輕易地殺死男人、像野獸那樣啃食臟器的模樣，體會到一個可怕的事實：女人和韓經理一樣，都被惡鬼附身了。

「那麼韓經理也是……」

「他會想辦法殺死周遭的人，吃掉心臟。」

我可能會像隔壁的男人那樣被殺死。

頭好痛。被惡鬼附身的偏偏是我的上司。就算我想逃跑，換工作也沒那麼容易，更何況我不能放著同事不管，只顧自己離開。我陷入一個進退兩難的狀況，感覺怎麼做都不對。懷著抓住最後一根稻草的心情，我問「巫女姐姐」：

「那我現在該怎麼辦？」

「要驅魔啊！」

「巫女姐姐」說這句話的口氣，跟醫生對病患說「要治療啊」的感覺很相似，害我瞬間錯以為「驅魔」是極其日常的行為。

「不能等死呀！要在那之前進行驅魔。」

「驅魔要怎麼做？」

「交給我吧！」

「啊哈，那費用……」

「巫女姐姐」拿筆在紙張上畫了幾筆，然後把紙推到我這邊來。

個、十、百、千、萬、十萬、百萬……百萬？我數到一半時，驚訝到下巴差點掉下來。不會吧，我要為了韓經理花這麼多錢？我乾脆繼續和惡鬼一起上班好了。

在我認真思考和惡鬼共事的可能性時，「巫女姐姐」再次開口：

「如果覺得負擔太大，我可以幫妳打折，但是有一個條件。」

「什麼條件？」

「由妳自己來驅魔，這樣就可以打折。」

「巫女姐姐」在紙上寫下新的金額：二十八萬九千元，直接下殺到三折。這根本是賺到了吧？

「驅魔，我來。」

我就這樣簽了合約（現在回想起來，上面好像有注明驅魔失敗時不會退款），刷卡一次付清後就回家了。

那天，我終於能心情輕鬆地入睡，因為馬上就要開始驅魔了。

◊ ◊ ◊

比平常還晚的早晨，地點是在公司前，我正處於有些疲憊又緊張的狀態，因為今天有我要完成的任務。

「聽清楚了，關鍵是不能被發現。在很難妥善應對的狀況下，表現出『我知道你是惡鬼』的態度，反而很危險。所以妳首先是要偷偷把他逼到絕路，不能被發現。」

簽署驅魔合約時，「巫女姐姐」在一旁說明給我聽。簽約之後，她遞給我一個信封。打開一看，裡面有少量的紅豆和幾根樹枝。

「這不是普通的紅豆，而是我特別加工過，專門用來驅魔的紅豆。讓妳的上司吃下這個。」

「怎麼做？」

「這妳要自己看著辦啊！」

那天我回家後，一直在想要怎麼做才能用最自然的方式讓韓經理把紅豆吃下去。當時有個點子在我腦中一閃而過。

可以做成鯛魚燒。在含有紅豆的食物中，這個是最大眾，而且最適合在寒冷天氣裡吃的東西，在公司分給同事吃也完全不奇怪。

我立刻上網訂購模具和紅豆餡，也買了裝鯛魚燒的紙袋。

隔天包裹就送到了。接下來，我一整天都在做鯛魚燒，剛開始要不是麵糊太稀，就是紅豆內餡外露，大部分的成品都沒辦法吃。不過，當投資的時間越多，操作起來就越熟練。大約在凌晨兩點的時候，我終於做出跟外面賣的長得差不多的鯛魚燒。

完成了！我一邊這麼想，一邊把用「巫女姐姐」給的紅豆熬成的紅豆餡放入最後一個鯛魚燒內，再把它和其他的鯛魚燒一起包起來，放進冷凍庫裡。

當天我就把忙到清晨才做好的鯛魚燒帶到公司。我偷偷跑進茶水間，把鯛魚燒放進微波爐解凍，然後裝進紙袋裡，假裝是剛從外面買回來的。一切準備就緒。我拿著紙袋，毅然決然打開我們辦公室的大門。

「大家來吃鯛魚燒！」

我比平常上班時間稍微晚一點到，所以全部組員都已經到辦公室了。一聽到有點心，大家都一窩蜂地跑上前來，當然也包括韓經理在內。

「是金主任買回來的嗎？沒在公司附近看到賣鯛魚燒的啊，妳從哪裡買來的？」

「我跑到馬路另一邊去買的，因為實在太想吃了。」

面對組員尖銳的提問，我隨意找個理由糊弄過去，把鯛魚燒分給大家，而且把有偷做記號的「巫女姐姐牌」特製紅豆鯛魚燒遞給韓經理。韓經理毫不懷疑地接了過去。

吃下去，吃下去……！

「咦？不是奶油口味。」

韓經理一邊說、一邊把鯛魚燒放回紙袋裡。這是我沒料想到的情況。
「啊……您不吃紅豆餡的鯛魚燒嗎？」
「嗯，我只吃奶油口味的。」
「可是……紅豆鯛魚燒應該比較好吃吧？」
「奶油口味的比較好吃。」
「可能吧，但這家的紅豆鯛魚燒真的很好吃。您要不要吃吃看？」
「呃，我討厭紅豆。」
「但是……」
「金主任，組長已經說不吃紅豆鯛魚燒了，妳幹嘛一直勸啊？」
一旁的朴次長見我反應奇怪，便試著出聲阻止。但是我已經用掉一天寶貴的週末，甚至熬夜努力製作，眼下卻即將化成泡影，所以同事的話我是一點都聽不進去。
「紅豆的更好吃。您吃吃看。」
「我只吃奶油口味的。」
「紅豆的也很好吃。您吃一次看看吧！一次就好！」
「我不吃！」
我應該在這裡打住的。然而，睡眠不足導致我思考停擺，衝動之下忍不住暴走。我腦袋裡只想著無論如何一定要讓韓經理把鯛魚燒吃下去，於是拿著鯛魚燒撲了上去。

韓經理一臉被嚇到的樣子，開始被我追著跑。

「您為什麼不吃！」

「我就是不吃，我討厭紅豆。」

「拜託您吃吃看吧！拜託！」

「不要！金主任妳自己吃！我死都不吃！」

我們繞著一張桌子團團轉，跑個不停。我就像是個獵人，而韓經理是某隻野生動物。

當我們以這種狀態跑到第三圈的時候：

「都停下來！停下來！」

朴次長大聲喊停。我聽到後清醒了過來，原地站住不動。

「這個我來吃，你們兩個人都冷靜一下。」

接著朴次長搶過我手中已經變得軟趴趴的鯛魚燒，一口放入嘴裡。同時，其他組員過來抓住我的手臂，把我拖出去，說我應該休息一下。

◊　◊　◊

完蛋了，不只是組員們都在說「妳瘋了嗎？」我還被目擊整個現場的隔壁組朴次長罵了一頓。後來韓經理雖然沒再提這件事，但是跟我說話的次數明顯減少了。最糟糕的是，到處都在傳我是紅豆鯛魚燒的狂熱分子。某天一起去聚餐時，朴次長還看著路邊的鯛魚燒小販，嘻嘻笑著說：

「金主任不是超喜歡那個嗎？要不要買幾個給妳？當然非紅豆口味的不可囉。」

我自責又後悔了幾天後，傳訊息給「巫女姐姐」說：「全都搞砸了。」她馬上回我訊息說：

立刻用第二種方法。我給妳的東西還在吧？用那個敲十下就好了。

她在訊息裡完全無視我的失落，只傳達核心的內容。看了之後，我也暫時拋開之前的事，將「巫女姐姐」給的樹枝拿出來。那是和紅豆一起交給我的桃木樹枝。「巫女姐姐」說，如果沒辦法餵韓經理吃下紅豆，就用這樹枝打韓經理的頭十下，還強調用打的是最有效的驅魔方法之一。

但講起來容易，我是要怎麼打上司的頭十下啊？況且之前還發生了紅豆鯛魚燒事件。我躺在床上，模擬了幾百種情況，但沒有一個方法是自然且合理的。

◊　◊　◊

自我檢討、沉澱了一星期後，今天早上我懷抱著新的決心來到公司。

我決定執行「那件事」，因為我終於想到很不錯的計畫，一個不會像上次那樣引起騷動、可以乾淨俐落完成的計畫。我把桃木樹枝放在包包裡，安靜地走進辦公室。

一整天我都一邊假裝認真工作，一邊觀察周遭的氣氛。我在等所有組員都放鬆警戒、開始閒聊的時候。終於在四點四十分左右，適合的時機來了。我很自然地拿出樹枝：

「哇！好舒服。」

我將幾根樹枝捆成一把，開始拍打自己僵硬的肩膀，也就是假裝自己在按摩。只有隔壁座位的崔主任瞥了我幾眼，其他人都沒注意到我在幹嘛。一切都在我的計畫當中。

我站起身走來走去，一邊拍打著肩頸，一邊站到韓經理的後方。

「組長，要不要幫您按摩？」

在按摩的過程中敲組長的頭。這是我徹夜未眠想出來的幾百個方案中最好的辦法。

「不用了。」

「這是我媽媽從智異山找來的松樹樹枝，用起來真的很舒服。組長您的肩膀太僵硬了，我一直想找機會幫您按摩。」

所有組員的目光都往我這邊看過來。看來我突然拍上司馬屁的模樣，在大家眼裡顯得十分奇怪，但我顧不了那麼多了。

「那就讓妳試試看吧！」

「我一定會讓您覺得渾身舒暢的。」

我用那捆樹枝拚命拍打韓經理的肩頸部位。韓經理沒什麼反應。這不是真的用來按摩的，當然他也不可能會覺得舒服。

等他慢慢習慣肩頸的拍打後，現在是下手的好機會。

「用這個來按摩頭部也很舒服唷！」

我慢慢將拍打的部位往上移，最終對準了頭部，輕輕地拍打。同事們用「妳現在在幹嘛」的眼神看著我，似乎無法判斷當下這個情況究竟正不正常。我沒理會他們，繼續拍打。三下、四下……這只是在按摩。五下、六下……沒剩幾下了。七下……

這時候，傳到我手中的觸感變得不太一樣。我感覺有個黑色的物體黏在樹枝末梢跟著晃動。

是假髮。

韓經理的假髮被樹枝勾住，快要被整個掀起來了。我連忙想把假髮放回原位，於是又動了動樹枝。但不曉得是不是我沒控制好力道，假髮不只沒有重新固定回韓經理頭上，反而呈拋物線飛出去，落到崔主任放在辦公桌內側的桌上型迷你電暖器上。

我趕緊往崔主任的座位跑去。韓經理的假髮被捲進暖爐的安全網裡，碰觸到散發熱氣的暖爐中央部位。坐在位子上的崔主任驚慌地抬頭看我，我把他往旁邊一推，伸長手臂用顫抖的手抓住假髮尾端，急忙往上拉出來，再仔細一看，假髮有一角已經變得黑漆漆、捲曲變形，燒焦味撲鼻而來。慘了，燒焦了。在我急得呼呼吹氣、拍掉燒焦的地方時，感覺有個人正朝我靠近。是韓經理。他拿走我手裡的假髮，安靜地往外走出去。他離開後，辦公室裡一片死寂。

◊　◊　◊

「金主任，我建議妳另謀高就吧。」

「那起事件」發生幾天後，我被人事組長叫了過去，聽到令人震驚的消息。我被開除了。公司把我開除了。

「是因為……假髮的關係嗎？」

我勉強擠出力氣問道。我能猜到的原因只有這個。

「不是因為那件事。聽說妳有在網路上寫文章，內容還跟韓經理有關。」

我的心跳突然漏了一拍。我明明把他的姓改成金了啊，而且那個平台的用戶也沒有很多，事情怎麼會傳開來？

「行銷組的李次長在臉書上一個叫『恐怖故事』的粉絲專頁上讀到的。他跟韓經理很熟，所以一看文章就發覺了。韓經理知道後非常生氣，說妳寫了一些不實內容，把他描述成很奇怪的人，還說要告妳毀損名譽，我們好不容易才攔住他。」

原來是被非法轉載到臉書了。原來如此。這種事的確有可能發生。我發文的時候竟然沒有預想到這樣的後果。真的好厭惡我自己。不過，就算他很生氣，那些也都是實際發生過的事，不是嗎？竟然說內容不實？還說要告我毀損名譽？太超過了吧！

「我們會給妳充分的時間好好整理，妳快去找工作吧！」

人事組長的話從我的耳邊掠過。我就像是被宣告死刑的人一樣，只是愣愣地盯著地板看。

◊　◊　◊

「太不像話了，怎麼可以因為燒壞假髮就炒人魷魚？」

跟我最熟的崔主任一聽到消息，就找我到公司附近的咖啡廳來。她說對公司很失望，狠狠抱怨了一番。

「上面要我走，我也只能走了。」

「妳又沒有惡意，是幫他按摩才發生那種事的啊！真要追究，也是錯在韓經理沒有管理好自己的毛髮狀態。」

「那樣就有點……」

「妳也知道韓經理這個人就是比較衝動。乾脆妳去找他求饒好了，送一些他喜歡吃的甜點，反正他也很容易忘記自己發過火。」

崔主任再三叮嚀後，說要去洗手間就暫時離開了。看來大部分職員都不知道我在網路上傳的文章。崔主任如果讀了我的發文，會有什麼反應？

這時，竊竊私語的聲音從身後的桌子傳了過來。

「就是那個人，假髮……」

我覺得怪怪的，轉頭看了一下。剛剛在嚼舌根的人慌張地別過頭。

他們在談論我的事。我變成了傳聞中的主角。

我不禁想，那個瘋子現在變成我了。不是有個說法叫做「瘋子守恆定理」嗎？意思是，一個組織中總是會有定量的瘋子存在。之前那個角色是由韓經理扮演，現在好像變成我了。在其他人的眼裡，韓經理是改過自新的上司，而我是對上司作怪、結果被開除的下屬。

但真正奇怪的人明明是韓經理。他甚至把蟑螂放進口裡嚼個不停。我做錯了嗎？我不該相信古怪的迷信嗎？這一切到底是從哪裡開始出錯的？我彷彿走進了迷宮。

◊ ◊ ◊

深夜時分，我抵達了遊樂場。為了跟韓經理道歉，我買了一盒泡芙來到他家附近的遊樂場。雖然我很疑惑為什麼不約在咖啡廳或餐廳之類的地方，還在大冬天裡把人叫到遊樂場來，但這是韓經理的提議。這個遊樂場特別偏僻，而且人煙稀少。

九點一到，韓經理就現身了。他穿著輕便，和平常不太一樣。韓經理在長椅上坐下。我站在他的面前，朝他九十度鞠躬。

「經理，真的很抱歉。似乎是我誤會了。」

接著我詳細說明為什麼會產生那樣的誤會，而我最近的狀態又有多糟。韓經理聽我說話時的表情相當微妙，等我說完後，他立刻點了點頭。我很難從他的表情猜出他在想什麼。

「為了表示歉意，我特地買了組長最喜歡的火龍糕餅店的泡芙。聽說您真的很喜歡，但只有去龍仁才買得到，所以沒辦法經常吃。」

然後，我一邊說、一邊把裝著盒裝泡芙的咖啡色紙袋遞給韓經理：

「我還記得您因為太喜歡了，當場就吃掉六個。」

「對啊，妳沒記錯。」

韓經理從紙袋中取出盒子，打開來拿出一個泡芙。我只是靜靜站在那裡，看著韓經理吃泡芙。他很快就又拿了第二個、第三個來吃，模樣看起來就像貪婪的野獸。

「好吃嗎？」

「很好吃啊！」

「真的嗎？那樣可不太好。」

聽到我這麼說，韓經理吃到一半停下來，抬頭看向我。然後他不曉得是不是噎到了，突然劇烈地咳嗽，用手掐住自己的脖子。

韓經理痛苦掙扎了一會兒後，瞳孔開始發紅，青色的微血管像閃電一樣從下巴往臉部蔓延，臉上很快就冒出密密麻麻的氣泡。那模樣已經噁心到看不出人形了。

是真的！是真的！韓經理真的是惡鬼。我瘋狂想讓公司的上級和檢舉我的行銷組員工看到這一幕。韓經理，不對，惡鬼臉上的變化似乎已經平息下來，但好像還有某個東西卡在喉嚨裡讓他很難受。

這是當然的。根本沒有什麼火龍糕餅店，做那些泡芙的甜點師是我。那是特製泡芙，裡頭填滿了「巫女姐姐牌」紅豆餡。

◊　◊　◊

幾天前，被通知解僱那一天，我跑去找「巫女姐姐」，而且是在大受打擊而喝了好幾杯酒的狀態下。

「我以後該怎麼辦？我被公司開除，驅魔也沒成功，都是妳害的。」

「巫女姐姐」靜靜聽著我發出酒臭味的抱怨，然後開口說：

「妳仔細想想，一開始我給妳的紅豆後來怎麼樣了？妳沒能餵他吃下去。再來，用桃木樹枝打頭的事呢？妳也沒能打滿十下。我要妳做的，妳都沒做到，當然沒辦法驅魔。而且燒掉假髮、在網路上發文的人是誰？是妳自己嘛！妳是因為自己做錯事才被開除的。」

話是這麼說沒錯，但我覺得好委屈，繼續哭鬧個不停。

「妳不是說會幫忙驅魔嗎？妳要負責到底。」

「我有說不幫忙嗎？最後再試試看吧！」

「巫女姐姐」拿出黃色的符咒用紙和毛筆。不曉得是不是因為喝醉了，我總覺得「巫女姐姐」身後似乎有一圈光環。

◊　◊　◊

好，接下來只要用「巫女姐姐」寫好的符咒來收尾就可以了。但是……符咒去哪裡了？我翻遍口袋和包包都沒看見符咒。放哪裡去了？沒物歸原位的毛病又犯了。

我手忙腳亂地翻找每個地方，看看是否漏掉哪裡沒找，耳邊卻傳來一聲撕裂的怪吼。我抬頭一看，惡鬼正扭動著身體，企圖邁開步伐。牠正在朝我這邊過來。不要啊！

我本能地開始逃跑。惡鬼似乎很生我的氣。儘管看起來很痛苦，牠還是竭盡全力追了上來。符咒在哪裡？符咒！我發瘋似地翻找口袋和包包。原來在這裡！我在大衣內側口袋裡找到了摺起來的符咒。現在只要用這個……

當我為了用符咒而轉過身，那一瞬間，惡鬼朝我靠近，似乎想用嘴咬住我的手。我嚇得趕緊躲開，結果把符咒弄掉了。從我手中掉落的符咒被正好吹過來的風直接捲走。我只好繼續狂奔。完蛋了，完蛋了。我只剩下那張符咒，飛走了怎麼辦？我死定了！

這時，與溜滑梯相連的木頭平台映入我的眼簾。我使盡全力，一口氣跳上去拚命往上爬。惡鬼雖然跟在後面，也想一起爬到平台上，卻一頭撞上它的木製入口，重新滾落下去。那傢伙沒辦法進入這裡面，因為兩個小時前，我事先來過這裡，在遊樂場的所有器材上都貼滿了符咒。「巫女姐姐」吩咐我這麼做時，我還覺得很奇怪，沒想到這招竟然這麼有用。

惡鬼從地上起身，放棄了爬滑梯，改從側邊攻擊。我嚇得癱坐在地上，拚命往後面躲。幸好遊樂設施的圍欄和符咒扮演了防護牆的角色，讓惡鬼無法抓到我。惡鬼有如錯失獵物的野獸一樣，氣喘吁吁地用頭猛撞圍欄。看牠那個樣子，我鬆了一口氣，同時心想：「接下來該怎麼辦？我雖然躲開了，其實等於被困在器材上面，後頭是有梯子沒錯，但就算爬下去，也只是讓鬼抓人的地獄重新上演而已。攻擊用的符咒掉了，人也被困在這裡，那個怪物看起來還非常憤怒。我完全無路可逃。」

「巫女姐姐」說附身在韓經理身上的惡鬼看起來很弱，所以光靠我自己一個人的力量也有辦法抓住牠。那些話全都是狗屁。我弄丟了符咒，還被困在這裡什麼都做不了，只能在恐懼中瑟瑟發抖。「巫女姐姐」到底在哪裡?再怎麼說也不該放我一個普通人不管吧?好可怕。太可怕了,巫女妳這個混蛋!

就在這時,突然有個人跑出來一腳踢中惡鬼的頭,把牠踹飛了。

「巫女姐姐!」

我興奮地滑下溜滑梯,忘了自己直到剛剛還在偷罵她,喜悅的淚水幾乎奪眶而出。

「妳連這種程度的,都沒辦法自己解決?」

跟在算命店裡時看到的打扮不同,「巫女姐姐」身上穿著騎士外套,還戴著皮手套,比起巫女,看起來更像幹架的。

「我差點就死了!」

「巫女姐姐」不理會我的哭訴,出手把倒下的惡鬼扶起來,細細打量牠的上半身。這時,惡鬼突然發出怪吼聲,朝著「巫女姐姐」的臉張大嘴巴。

「巫女姐姐」往後躲開後站起身,從口袋裡拿出某樣東西。是符咒。接下來,她就像表演鱷魚特技的訓練師那樣,瞬間就把符咒放進惡鬼的嘴裡,然後「啪」的一聲快速把它闔上。惡鬼就像小孩被餵了他們吃不了的食物一樣,身體扭來扭去的,看起來非常痛苦,但「巫女姐姐」一直緊抓惡鬼的下巴不放。

覆滿他全臉的氣泡和微血管逐漸消失不見,露出韓經理原本的面貌。同時,韓經理開始劇烈地咳嗽，像個快死的病人一樣。

「他不會就這樣死掉吧？」

「再等等。」

原本咳個不停的韓經理突然「啊」的一聲，發出喘不過氣的聲音，然後從嘴裡吐出一個東西。「巫女姐姐」飛快撿起那個掉到地上的東西。

「珠子？」

那是一個小珠子。「巫女姐姐」把它放進外套的口袋裡。

這時，韓經理發出呻吟聲，似乎清醒了過來。「巫女姐姐」趕緊抓住韓經理的衣領，往他的臉上用力打了一拳。

「他醒來的話，事情會變得很麻煩。」

雖然韓經理被打了一拳後又暈了過去，但惡鬼終究已經消失，他也恢復了原貌。之後我還會像現在這樣，很高興見到這個讓人厭惡到極點、每天祈禱他能遭遇不幸的韓經理嗎？這個掌握我能否復職的關鍵人物，該死的韓經理。

「那我之後可以重新回公司上班吧？韓經理已經回來了，也可以證實他被鬼附身的事。」

「這個嘛，事情真的能如妳所願嗎？」

「巫女姐姐」停下收拾東西的動作，盯著我看。

「現在還是只有妳知道惡鬼的存在，所以情況會有什麼不同嗎？韓經理本人就算覺得哪裡不對勁，在公司也會想辦法不露餡，位居經理職位的人尤其更會如此。不對，妳不是說妳的上司很遲鈍又愚蠢嗎？說不定他根本不會發現有什麼不一樣的地方。結論就是，一個主任被開除不會讓他放在心上。」

太讓人絕望了。我可是一心想著能復職，才會抱著希望一邊逃離惡鬼，一邊克服嚇到快尿失禁的恐懼，拚了命去驅魔的。那我接下來該怎麼做？要繼續準備換工作嗎？最近這麼不景氣，如果找不到新工作該怎麼辦？我到底要怎麼跟媽媽解釋？

我覺得自己臉上逐漸失去血色，巫女姐姐這時說了出乎意料的話：

「妳要不要到我的手下工作？」

「什麼？」

「妳不是設計師嗎？妳在我這裡要做的就是製作 YouTube 相關內容、設計符咒。除此之外，妳也要處理一些跟驅魔相關的業務。薪資會比現在的高。來幫我工作吧！」

「巫女姐姐」在口袋裡翻找了一番，拿出一張折了好幾折的紙。那是勞動契約書。

雖然挖角的提議讓我心跳加速，但我還是勉強地故作鎮定，接過契約書讀了起來。業務內容雖然有點奇怪，但整體來說並不差。儘管大多是一些零散、沒關聯的雜務，但反正也跟現在的處境沒什麼差別。

「還有其他員工嗎？」

「沒有。老闆是我，員工是妳，就這樣。」

這是那種就算是仇人要去，一般人也會開口勸阻的不滿五人的小公司。不過，它的薪資比現在的工作還高。最重要的是，我不用再去求職——寫履歷、整理作品集、面試、落榜，然後難過、哭哭啼啼——也就是說，不用再重複過這種痛苦的日子。

「我去。」

「很好，妳在這裡按指紋。」

「巫女姐姐」遞給我一個攜帶式印泥。我二話不說就用拇指沾了印泥，在契約書上蓋章。

「下週一開始上班。」

「好，我知道了！」

就這樣，我在一個月內發現職場上司被惡鬼附身，接著被趕出公司，然後驅魔成功，最後被巫女挖角了。雖然這個職涯轉換的方向非常出乎意料，但反正情況也不會更糟了——我如此稍微不負責任又樂觀地想。

◊ ◊ ◊

明日回到家，打開房內的電燈。沒整理的物品讓地上顯得凌亂不堪。「最近要花心思的事情太多，實在沒有時間打掃。」她一邊在心裡為自己辯解，一邊在沙發上坐下。稍微休息一下後再去洗澡吧！明日在濃濃的倦意中暫時閉上眼，手機這時震動起來。

〔hidragon〕

tomorrow9 大大，託你的福，事情順利解決了。謝謝你介紹巫女給我！

訊息是從她為了宣傳生意而偶爾瀏覽的社群網站傳來的。明日回想直到剛剛還待在一起的那個人。她看起來呆呆的，雖然很努力，做事卻不太牢靠。不過，她身上有一種可以掩蓋那些缺點的執著和其他幾項特質。「我看人的眼光絕不會有錯。」她一邊這麼想、一邊關掉手機。

章魚燒生意重振符

我已經在「巫女姐姐」底下工作三個月了。

一開始收到挖角提議時，不用再找工作讓我非常興奮，但一回到家就開始擔心起來。姑且不論員工只有我一個人，竟然要到巫女底下工作？甚至這個「巫女姐姐」還看起來跟一般的巫女不一樣，這更加激發了我不安的想像力。最後我在正式上班的前一晚下定了決心，打算先工作個幾天，如果她是個怪人就馬上逃跑。做好決定後，我的心情才終於平靜下來，能好好入睡了。

然而，「巫女姐姐」比我想像的還正常，正常到之前的擔心都顯得很多餘。她交給我的工作都是可預期的設計或編輯業務，而且還大方地為我添購工作所需的軟體或設備。她不僅沒有強迫我相信奇怪的東西，也沒有突然看見鬼或是被鬼附身、把我嚇得皮皮剉。

不過，「巫女姐姐」也絕對不是個平凡的人。對於專攻設計、在公司上班，一直以來都過得極其平凡的我來說，「巫女姐姐」這種人是我生平第一次見。她總讓人摸不著頭緒，完全猜不到她究竟在想什麼。

你們很好奇她到底是怎麼樣的人嗎？只用幾句話很難說明，所以我想說說看這三個月以來，我觀察我的雇主「巫女姐姐」的心得。

1. 該不會是騙子吧？

雖然不想對雇主懷抱這種不乾淨的念頭，但我經常會冒出「這人該不會是騙子吧？」的想法。第一次讓我萌生這種念頭的經驗，發生在來這裡工作還不到幾天時的午餐時間。

我和「巫女姐姐」一起到附近的餐廳吃飯，尷尬的沉默讓我很難受，於是我飛快思索，搜尋有沒有什麼可以聊的話題，結果突然想到昨天接待客人時，聽到「巫女姐姐」告訴對方她事奉的是將軍神。

「那個，您事奉的是將軍神，對吧？」

「嗯。」

「是哪種將軍？總覺得我應該要知道一下名字……」

有一陣子我對探討超自然現象的綜藝節目很感興趣，所以多少知道巫女都各自事奉不同的神，還知道那個神會有如命運般地找上她們，或是附到巫女身上降下卦象，除此之外，我也知道不同的神等級都不同。

所以我很好奇「巫女姐姐」事奉的神是哪一位將軍，結果她回答：

「聖女貞德。」

「蛤？」

「我說是聖女貞德。」

我突然陷入一陣混亂，本來期待聽到某個在古代韓半島沙場上馳騁的熟悉名字，可她卻說了聖女貞德？是我認識的那個聖女貞德嗎？

「真的是那個聖女貞德嗎？中世紀的那位？」

「嗯。」

原來如此，是聖女貞德……的確有可能。在遙遠異國過世的將軍，確實也有可能跑進韓國某個巫女的身體裡。

我努力去理解這一切，但還是難以抑制冒出來的好奇心。那她跟神溝通時用的是什麼語言？聖女貞德是法國人，所以她們是用法文溝通嗎？其實「巫女姐姐」是一個精通法文的精英嗎？但如果要跟聖女貞德對話，不就要用中世紀的法文了？

不過，我只是個入職還不到一週的新員工。所以只能盡可能屏除會讓人覺得無禮的語氣，拋出一個附和式的提問：

「啊哈，所以聖女貞德降臨到老闆您身上囉？」

「不是，我只是覺得很帥才拿來用的。」

「巫女姐姐」回答了之後，示意我如果飯吃完了就走吧，然後就跑去結帳。我一邊胡思亂想、一邊無言地盯著冷掉的湯，反覆咀嚼著：「妳有在尊重聖女貞德的想法嗎？」

2. 又或者是生意人？

我最初認識「巫女姐姐」是透過YouTube，不過很驚人的是，巫女姐姐的活動範圍不僅限於此。從經營了幾年的Naver部落格到Facebook、Instagram、smartstore、二手市場等無數個平台她都有涉獵，是個開發收入管道的奇才。

我工作了超過六年都沒想過要開展副業，跟「巫女姐姐」相比之下實在太過慚愧了。總之，不管「巫女姐姐」使用多少窗口活絡地對外溝通，現在那些都是身為唯一員工的我要管理的部分業務。那麼業務內容是什麼呢？這正是讓我懷疑「巫女姐姐」可能是一個厲害生意人的理由。

你們知道嗎？最近在Instagram以及販售手工藝品的平台上，甚至提供二手買賣的應用程式裡，都能夠訂製符咒。「巫女姐姐」是當中人氣非常高的賣家。

但是有一點你們肯定不知道——那個符咒，其實是我寫的。我一點神力都沒有，連隔天中午會吃什麼都無法預測，事奉神明的經驗也僅限於小時候聽媽媽說會買辣炒年糕給我，所以跟著上了幾次教會而已。這樣的我從上班第一天開始就在練習寫符咒，現在連販售用的符咒都是我製作的。

我不敢確定我這種人製作的符咒是不是真的能賣人，於是還問了「巫女姐姐」：「這個真的有效果嗎？」她聽了後表示，只要真心誠意地製作就會有效果，簡直就是睜眼說瞎話。不過，她看我仍然很懷疑，又接著說了一堆話來解釋：「這是一種療法」、「人們會買不是因為期待它有什麼效果」，最後又突然說：「既然妳是設計師，就當成自己是在設計符咒就好。」她還稱讚我：「設計師就是不一樣，寫出來的符咒好漂亮。」用這種方式來迷惑我的思緒。

偏偏我在大學時代曾經在社區活動中心的文化會館學過寫花體字，所以我的符咒看起來的確滿有模有樣的，讓我差點因此被「巫女姐姐」說服了。不過，她竟然說出「設計符咒」這種話。我在美術補習班準備考試的時候、在高中就讀的時候、在大學專攻視覺設計的時候，還有目前作為一名ＵＸ／ＵＩ設計師工作的時候，一次都沒聽過這個領域的設計。

如果繼續做符咒設計一類的工作，我往後的職涯會有什麼樣的發展呢？會打入民間信仰和宗教界設計的小眾市場嗎？會不會因為太過小眾而生存不下來？

雖然我心裡這麼想，但還是不得不繼續製作受歡迎的愛情符咒和招財符咒。就算「巫女姐姐」真的是個生意人，我也只是這個生意人手下的員工而已。

3. 其實是獵人？

不管「巫女姐姐」事奉的神，是聖女貞德，還是麥克阿瑟，不管符咒是我畫的還是AI畫的，其實都無所謂，只要不威脅到我生活的安寧與和平就好。前面說到她像個騙子或生意人，確實讓我很驚訝，有時還會讓我陷入苦惱，不過也僅此而已。

然而，巫女姐姐身上猶如一名「獵人」的特質，完全足以放大我對現職場的疑慮。你們問她獵捕的是什麼嗎？惡鬼。也就是殺害了隔壁的男人、帶給我極大恐懼，或是跑進韓經理體內、害我被公司炒魷魚的那種東西。「巫女姐姐」不論在休息的時候還是在工作的時候，只要發現跟惡鬼相關的一點點資訊，眼神就會突然變得不一樣。

事情發生在某天我們吃完飯後走回辦公室的路上。對街聚集了一群人，傳來吵鬧的聲音。當我伸長脖子看過去、心想他們是不是在吵架的那一瞬間，人群中有一名中年女性突然大喊：

「你這個惡鬼！」

直到剛剛都還漠不關心的「巫女姐姐」，一聽到那聲高喊便立刻跑過去。我認真地煩惱了一下是否要自己先回辦公室，最後還是跟了上去。才一眨眼，「巫女姐姐」已經穿過人群，正在跟那名女性對話：

「惡鬼在哪裡？」

「就在這裡啊！這裡！」

女人手指的方向有一名中年男性正在地上打滾，臉上掛著一副破損的眼鏡，衣服也有一部分被撕壞了。

「這個惡鬼一樣的傢伙！混蛋！」

女人氣勢洶洶地出手暴打，男人抬起手臂想要阻擋，但沒有什麼用。

「發生什麼事？」

「聽說這個男人跑去跟別的女人過日子，躲了兩年終於被逮到了。」

人們的對話從身後傳來。一聽到真相，「巫女姐姐」似乎立即失去興致，轉身直接走掉了。

後來還發生過其他的事。比如我打電話跟一起玩樂團的朋友聊天，一聊到「對了，上次你買的那個樂器……」巫女姐姐立刻大喊著跑過來：「什麼？惡鬼？[3]」還有每次在新聞中聽到「惡鬼」這個字眼時，她也是立刻就有反應，但那些百分百都是在講新推出的電影或電視劇。

好吧，到這種程度都還無所謂。雖然不知道她為什麼那麼執著，但就像這個世界上有人很努力在抓蟲子那樣，也會有人很努力在抓惡鬼，而那個人就是我的上司。如果這樣想，也不是無法理解。

直到發生了「那件事」。

◊ ◊ ◊

那天下午跟平常一樣是個和平的午後。我正在裡面的工作室工作，聽到「巫女姐姐」在外面叫我的聲音。我往外走到神堂一看，「巫女姐姐」正坐在書桌前，盯著筆記型電腦看。

「妳看看這個。」

3 韓文「樂器」的發音和「惡鬼」相似。

「巫女姐姐」手指著的筆電螢幕上是一則新聞。

「職場霸凌」造成的報復殺人案……犯人是同公司的直屬部下。

「這是什麼？」

「昨天發生的案件，沒注意到哪裡有點奇怪嗎？」

「好像沒什麼奇怪的……」

「巫女姐姐」點開其他的新聞頁面，出現了兩則類似的殺人案件。

「這是幾週前發生的案件。加上這一起，已經是第三起了。妳不覺得接連發生了多起類似的案件嗎？」

「也可能有這種巧合，不是嗎？」

「還有一點很可疑，就是這個部分。」

巫女姐姐將畫面滑到其中一段新聞報導，特別指給我看：

「受害者體內的心臟消失不見，目前懷疑是器官走私組織所為。」

「心臟？」

「沒錯，心臟。妳知道惡鬼會吃心臟吧？」

我瞬間想起住在套房時目擊的場景：有個女人嘎吱嘎吱地咀嚼著隔壁家男人的心臟。那段記憶實在太過驚悚，讓我猛力搖頭試圖甩掉那個畫面。

「不覺得很可疑嗎？所以我著手調查了一下。」

「巫女姐姐」打開一個文件，裡面有一張複雜的人物關係圖，上面零散地放了六、七位中年男性的照片，下面有小字密密麻麻地標注了他們的個人資訊。除此之外，每張照片之間還畫了箭頭，指出彼此的關係，像是「校友」、「前同事」等，另外還有三、四個人用同一個顏色的線條圈起來。

我睜大眼睛看著關係圖，這時「巫女姐姐」把中央部位放大給我看，上面寫著「金相日」。

「這次的死者是這個人，Media Home 的戰略企畫部長金相日。然後幾週前的死者，是旁邊的『AB人壽』常務董事趙賢成，還有 Hello Tour 的董事金柱煥。這三個人的共通點是什麼呢？」

我仔細一看，發現他們都被畫在藍色的圈圈裡，再往圈圈上端看去，「K高爾夫俱樂部」的字樣映入眼簾。

「他們都是同一個高爾夫俱樂部的成員，關係非常緊密。有傳聞說，這些人之所以能位居高位，是多虧了彼此之間的幫助。聽說他們不只共享投資情報，獲取經濟利益，還動用人脈挖出組織內其他潛在競爭對手的弱點，出手把人拉下台。另外還有一個企業家也是這個團體的成員。」

「巫女姐姐」滾動滑鼠，把畫面往下拉。我看到一個也在剛剛天藍色圈圈內的人物：楊民久。

「『易石網路』的處長楊民久。也就是說，這個人很可能是下一個目標。」

原來如此。聽著「巫女姐姐」有趣的說明，我不禁傻乎乎地點頭，因為完全沒料想到這會是我要做的事。

「我們現在要開始抓這個惡鬼。」

「我們？」

「嗯。」

「我也一起？」

「當然啊！」

我有些驚慌。當然，我有抓過附在韓經理身上的惡鬼，但我以為那是那份委任契約造成的特殊狀況。現在明明沒有人委託，老闆竟然突然說要去抓惡鬼。

「要怎麼抓？」

「首先我們把車子停在他們公司附近監視狀況吧！」

「監視？哪來的車？」

比起監視，要停車在那附近更讓我在意。就我所知，「巫女姐姐」的車只有那台亮紅色的敞篷跑車。把跑車停在路旁監視，這不就跟間諜敲鑼打鼓登場沒什麼兩樣？我拋出疑問後，巫女姐姐彷彿看穿了我的想法，答道：

「我會買一台專門給妳用的車。」

意料之外的回答讓我忍不住嘴角失守。「我的車」？真是這樣，監視惡鬼的工作做起來或許就不會那麼辛苦了。雖然是工作用的，但擁有自己的車是我長久以來的夢想。不用看也知道我的表情鐵定因為笑容而亮了起來。

「就這樣，妳好好期待吧！」

「巫女姐姐」丟下這句話，說有客人來了便消失不見。她會買什麼車給我呢？輕型車？中型車？她看起來很有錢，說不定會買一台進口車。光是用想的就好心動。我難以壓抑激動的心情，在剩下的工作時間一直幻想著我的夢想車。

◊　◊　◊

幾天後的一大清早，我在算命店門口等「巫女姐姐」，因為我在前一天收到她的訊息說：「我會開新車來，我們馬上前往目的地吧！」我冷得在路邊跺腳，但很快就聽到熟悉的聲音從遠處傳來。

「這裡！」

不過，聲音傳來的那個方向停放的車子，看起來非常奇怪。那不是可愛的輕型車或實用的運動休旅車，而是像「巫女姐姐」那台跑車一樣的亮紅色……章魚燒餐車。

我難以置信地張望，想看看遠處有沒有別台車，甚至還跑到對面的車道去確認。然而，「巫女姐姐」當然不在那裡，只有一台畫著卡通版章魚圖樣的小餐車越開越近。

「跟妳說這裡。妳在看哪邊啊？」

最後，車子在我面前停了下來。車窗自動降下來，「巫女姐姐」就坐在裡面。我努力壓下湧上心頭的慌亂，開口問：

「妳真的買了這台車？章魚燒？」

「嗯，在二手市場賣得很便宜。」

雖然不想表現出來，但我可以感覺到自己表情當場僵住。如果說期待太高也是一種錯，我的確沒辦法否認，但這台車跟我預期的未免相差太多太多了。「巫女姐姐」或許是注意到了我的僵硬反應，心急地問：

「難到妳不會開車嗎？妳的駕照不是手排的嗎？」

「是手排的沒錯……」

「那就行了，先上車吧！」

我沒力地爬上副駕駛座。「巫女姐姐」熟練地切換手排檔位。我回想去奶奶家時經常開的卡車，試著在腦袋裡練習。但我有些討厭自己適應得這麼快，於是很快就不再想了。

「這次怎麼會有一套固定模式呢？」

「什麼？」

「惡鬼這種生物，本來是沒有針對性的。他們只要霸占了一具身體，就會隨意殺死他周遭的人，這次這個卻有很明確的作案手法，對吧？就像有計畫的一樣。」

「這個嘛……因為那種人的心臟比較好吃嗎？」

「我們這次得深入調查清楚。」

我一邊回話，一邊看著前方的景象，注意到一個道路標誌顯示我們正在接近光化門。果然，難怪我覺得周遭的風景相當熟悉。以前我搭公車去上班時，每天都會經過這條路。雖然有點驚訝，但這裡本來就是占地很大的辦公區，所以也沒什麼好奇怪。我一邊這麼想，一邊觀賞著懷念的景色。

然而，當行駛過的路口越來越小時，我也變得越來越焦慮。從店面的分布、紅綠燈的位置，到放在路邊的廣告看板，都非常眼熟。當我察覺哪裡出了問題時，「巫女姐姐」把小餐車停在「易石網路」公司前面的路肩。

我一下車去立刻跑到隔壁的巷子去看。在那裡看見之前待到厭煩的我們公司的建築物。

「這裡是我之前上班的地方。」

「『易石網路』的職員和我約了諮詢，我得過去了。妳就在車上努力監視吧。」

「巫女姐姐」把我的話當作耳邊風，逕自消失不見了。我恍惚地在路上站了一會兒後，怕等一下遇到認識的人，於是趕快跑進車子裡。

好吧，反正只要待在車上就沒事了。我放下心來，開始觀察窗外經過的人：有人手上拿著在附近咖啡廳買來的飲料；有人在路上快步奔跑；有人騎著滑板車滑過街道。

「就算發生了三起殺人事件，大家還是照常上班啊！」

我一邊看著沒有變化的街道，一邊這麼想。

太陽快西下時，「巫女姐姐」回來了。她說今天跟五個人約了八字算命，現在全都搞定了才回來。

「妳有打聽到什麼嗎？」

「有幾個是情報通訊部的職員。楊民久是他們的處長嘛！當然有打聽到東西。」

「巫女姐姐」清清喉嚨，接著說：

「楊民久的評價整體來說不太好。他的部門大概有三十個人，聽說很難從中找出對他沒有恨意的人。他動不動就會欺負部下，不光是各組的經理，連一般職員都被欺負過，當中不管是誰都有可能是惡鬼附身的對象。」

「那該怎麼做？」

「感覺很難混進公司，所以需要一個能在外面掌握部門整體狀況的方法。關於這個問題我要再想想。」

「巫女姐姐」把身體靠在座椅上，閉上了眼睛。她看起來很疲憊。車裡陷入一片沉默。我看著閉眼休息的「巫女姐姐」，突然問了一個平常很好奇的問題：

「妳為什麼那麼努力抓惡鬼？」

「巫女姐姐」睜開眼盯著我看。

「幹嘛突然問這個？」

「就只是很好奇，總覺得就算抓到惡鬼也沒什麼很大的利益，才想說妳是不是有什麼理由……」

「巫女姐姐」沒有馬上回答。當沉默的時間變長，我正在後悔問錯問題時，「巫女姐姐」開口說：

「妳還記得那個珠子嗎？抓妳主管身上那個惡鬼時，從他嘴裡跑出來的東西。」

「巫女姐姐」把拇指和食指貼在一起圈成圓形，表現出珠子的模樣。我回想那個時候的情況，想起韓經理從惡鬼變回人類後，嘴巴裡吐出了一個小小的透明珠子。

「那玩意兒可不是開玩笑的。」

語畢，巫女姐姐把圈成圓形的手往下一翻，稍微晃了晃。我知道那個手勢的意思。

「錢嗎？」

「我聽說光是一顆的價格就很驚人。不過，我也不完全是出於這個原因。」

聽她那麼說後，我滿腦子都在想珠子。那個珠子看起來很普通，難道其實有什麼驚人的功用嗎？驚人的價格又是多高？幾百萬？還是幾千萬？這意思是說，「巫女姐姐」手上有這麼昂貴的東西，卻什麼都沒分給我嗎？

當各種想法在我的腦中亂竄時，「巫女姐姐」問道：

「妳今天有看到楊民久嗎？」

「一次都沒看到，不曉得他今天有沒有來公司。」

「不會是他有路過，妳卻沒看到吧？」

「不可能，我真的很認真在看，眼珠子都快掉出來了。」

其實我的確有不時看一下手機，所以提高了辯解的音量。我想轉移話題，於是趕緊提起別的事：

「白天坐在車上的時候，有人跑來敲車門。我嚇一跳後把窗戶搖下來，那人才知道這裡沒在賣章魚燒。真的很無言對吧？」

我只是當笑話在講，但「巫女姐姐」彷彿聽到很有意思的內容，臉上一點笑意都沒有，眼神卻閃閃發光。她仔細看了看我，又掃視了一圈車子內部，然後陷入沉思。我突然有股不祥的預感。不會吧？應該不會吧？就在我想努力假裝沒事的時候，「巫女姐姐」開口了：

「那就做吧，章魚燒。」

「蛤？」

「我們把符咒放到章魚燒裡面賣，這樣楊民久部門的職員會買來吃。他們當中如果有惡鬼的話，就會現出原形，我們只要逮住牠就行。」

「如果惡鬼不喜歡章魚燒呢？如果牠不吃呢？」

「惡鬼很貪吃，一定會吃的。我有預感。」

預感？因為一點點預感就要做那麼累的事，我實在沒辦法理解。不過，重點是，那個章魚燒……

「做章魚燒的人……是我，對吧？」

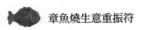

「嗯。」

不用想也知道是我。

「在其他地方就算了，但這裡就在我們公司附近，如果遇到公司的人怎麼辦？」

「只要把臉遮起來就不會被發現了。其實大家對別人的事都不太感興趣，不會發現妳是誰的。」

我原本想拒絕到底，但「巫女姐姐」想盡辦法利誘我。她答應賣章魚燒的全部收入都歸我，甚至追加了抓到惡鬼的獎金。雖然我很不情願，但也沒辦法不幹，因為我腦袋裡閃過了新手機的分期付款。

「我接下來要跟情報通訊部的人見面，先去咖啡廳了。加油。」

今早開始做生意之前，「巫女姐姐」丟下這句話之後就走了。我把餐車的後車廂整個打開後，做好迎接客人的準備，最後還戴上頭巾和口罩，以免被別人認出來。

幸好整個上午都沒有客人上門，看來上班族對突然出現的章魚燒餐車沒什麼興趣。他們大多都是看了一眼後，就忙著繼續趕路。也對，自營業可不容易。希望今天就這樣一個客人都不要來，讓「巫女姐姐」明白賣章魚燒一點用都沒有。

我的決心一到午休時間就碎了滿地。客人蜂擁而至。附近的上班族一直跑來排隊，不曉得他們是沒吃飯，還是吃完飯後想再吃一點章魚燒。我做完一份餐點後，又要接著消化下一筆訂單，然後都還沒開始處理，又有下一個人點餐，簡直沒完沒了。

「請給我十個。」

「請給我三十個，起司和原味各半。」

「我要外帶八十個。」

我接下從四面八方飛來的訂單時，想到跟前同事崔主任聊過的話題——這附近雖然有很多餐廳，但是都沒有賣小吃的店，所以如果在這一帶做小生意的話，感覺會大賣。工作很辛苦的時候，我們會跟彼此開玩笑：「辭職去開一間鬆餅店吧！」或是「我們去賣鯛魚燒吧！」

如果現在辦得到，我真想跑去找崔主任，大聲跟她說：「生意真的很好！我證明了那個玩笑是真的！」當然，我絕不可能去跟她說這些。

我忙碌地度過了一天、兩天、三天。在章魚燒驚人地持續熱銷的同時，我沒有發現任何一個看起來像是被惡鬼附身的人。雖然我跟「巫女姐姐」報告過這個情況，但她只是說還需要一些時間。

一想到這事不曉得還要做多久，我的胸口就變得很悶。我脫下口罩，試著深呼吸。悠閒的午後，難得有可以暫時喘氣的機會，總覺得渾身肌肉僵硬，於是我開始做伸展運動。我雙手十指交扣，把腦袋往下壓，正在伸展脖子後側的肌肉，結果突然有客人上門。

「您，好？」

「可以點餐，嗎？」

我抬起頭來，眼前是我最不想看見的那張臉。

「金夏容主任？」

是韓經理。我被公司炒魷魚的主要原因，我的前上司韓經理。

「奇怪，妳怎麼會在這裡？」

「……您要點什麼嗎？」

「……我要十個章魚燒，起司口味的。」

丟臉的情緒湧上心頭，讓我忍不住隨便開口接下了訂單。雖然很後悔，但也沒辦法，乾脆趕快做完，趕緊把韓經理送走。我急忙開始製作：把麵糊倒在預熱好的烤盤上，然後再放入章魚塊，等滋滋作響的麵糊一烤熟，就用章魚燒叉翻面、塑形。韓經理輪流看著勤勞地替章魚燒翻面的我和章魚燒烤盤，自顧自地不斷點頭。

那是我最討厭的表情之一：明明什麼都不知道，卻擺出一副「我都懂」的樣子。原本早忘了那個表情，現在再一次看到，讓我胃部翻攪的不適感遠遠超過以往。真想趕快把他從眼前送走。我把還沒熟透的章魚燒裝進盒子裡，快速撒上起司粉和柴魚片，然後遞給他。

「總共五千元。」

韓經理從錢包裡抽出一萬元給我。我翻找錢筒想找錢給他，卻只看見四張一千元的鈔票。我急著彎下腰再繼續找，這時韓經理「啪」的一聲把一萬元的鈔票放在錢筒旁邊：

「不用找了，多的是小費。」

他說完後就離開了。我呆呆看著他一邊揮手、一邊悠哉地走遠的背影，眼前逐漸變得模糊，呼吸也跟著急促起來。為了讓自己冷靜下來，我開始深呼吸，結果沒過多久，手機就傳來簡訊的通知聲。

夏容主任，

雖然我們之間最後是不歡而散，

但看到妳跟最近的年輕人不太一樣時，我覺得很感動。

希望妳以後也能不推辭辛苦的工作，充滿熱情地生活下去……
作為人生的前輩，我會為妳加油的。
奔跑吧！青春啊！

看完後，我再也忍不住大聲吶喊。

◊ ◊ ◊

遇到韓經理後，一股怨氣從我內心的角落蔓延開來，直奔著「巫女姐姐」而去。我明明說過不想做生意，她卻硬是慫恿我去做。我在心裡罵了她一陣子，後來又開始自暴自棄。錯就錯在我自己把口罩脫掉。這樣一想，我心裡才比較舒服。

我埋首認真擦拭章魚燒的烤盤，企圖整頓自己混亂的心情。把烤盤擦拭乾淨後，怒氣似乎稍微平息下來。等我好不容易找回平靜，卻看到一道陰影落在烤盤上。看來是有客人來了。

我抬起頭一看，發現眼前的兩位客人竟然是穿著制服的……警察。

「您好，有人報警。」

「報警」這個字眼讓我聯想到很多可能性。是附近發生了什麼事嗎？說不定惡鬼已經現身了。「巫女姐姐」怎麼沒有聯絡我？然而，跟我的猜測不同的是，他們只是直勾勾看著我。好像有哪裡怪怪的。

「您知道這裡不能做生意吧？請出示身分證。」

我彷彿被閃電擊中一般，瞬間搞清楚了狀況。警察是來找我的，因為有人檢舉我。第一次遇到這種事，我的臉上瞬間血色全無，渾身僵住。雖然很慌張，但我好像得先拿身分證給他們看，於是我開始找錢包，卻到處都沒找著，車子裡都翻遍了也沒有看到。我心裡越來越急，這時突然看見一個放在排檔桿旁的紅色錢包。是「巫女姐姐」的錢包。我彷彿被勾走了魂一樣，從那個錢包裡拿出身分證遞了出去。

「請把口罩拿下來。」

警察輪流看了看身分證和我的臉，雖然我試圖模仿「巫女姐姐」，盡可能將眼尾往上吊，但警察只是露出不悅的表情。

「是本人嗎？這感覺是另一個人耶！」

「其實這是我老闆，是她吩咐我在這裡做生意的。」

「妳搞什麼，當然要交出本人的身分證啊……」

最後我從座位底下的包包裡找到錢包，把身分證遞了出去。警察看著我的身分證、在手冊上寫了幾個字後，又對我交代了幾句話後就走了。他們離開後，現場只留下冰冷的空氣。我迎著刺骨的冷風，心想：「現在我變成罪犯了嗎？」

如果說我從來沒有做過違法的事，那就是在撒謊，但我一直以來都很努力不要惹上麻煩。至少，我能保證自己沒做過需要提供個人資訊給警察的事。如今，我怎麼淪落到這種下場？

我心情低落地將身分證收起來，同時準備把臨時放在座椅上的「巫女姐姐」身分證放回錢包裡，但就在我沒多想什麼、看向那張身分證正面的瞬間……

她的名字是「具明日」，身分證字號9……現在是怎樣？

「巫女姐姐」身分證字號的前兩碼跟我的一樣。也就是說，她跟我同年。原來我們一樣大？「巫女姐姐」和我？

我沒問過「巫女姐姐」的年紀。不僅網路上沒寫，她自己也從未跟我說過。然而，從初次見面開始，她就一直跟我說半語，再加上她對社會生活顯得非常老練，所以我以為她應該比我大個三到四歲。結果我們竟然同年？

之前和「巫女姐姐」相處的種種，如同走馬燈一般瞬間在我腦中閃過：事情是她說要做的，卻把繁雜的瑣事都推給我；泡完咖啡後，她死都不自己清用過的咖啡膠囊；

廁所裡的衛生紙用完了，她從來不會自動補充新的；最重要的是，她總是跟我說半語，把我當晚輩對待。簽約的時候，她明明有看到我的年紀，甚至她的生日比我還要晚！

我把餐車的後車廂暫時關上，跑到「巫女姐姐」待的那家咖啡廳。我從落地窗看見「巫女姐姐」。她跟我說今天有人要諮詢，現在卻獨自一人坐在那裡滑手機。不僅如此，桌上還擺著甜點，是草莓鮮奶油蛋糕和一杯加了鮮奶油的巧克力星冰樂。我用力推開咖啡廳的正門走進去，大步走向「巫女姐姐」的位置。

「怎麼了？發生了什麼事？」

「巫女姐姐」泰然自若地看著我。

「……看起來很好吃呢。」

「這個？因為我有點缺糖分，諮詢的時候很容易累。」

嗯，妳應該很累。雖然在我遇到前公司的上司、經歷了一輩子都忘不了的恥辱，還把個人資料提供給警察的時候，妳就坐在咖啡廳裡吃蛋糕，但妳也是有可能很累。不過，妳自己至少要更努力一點吧？我是因為誰才在做這些？既然交代我做事，自己也應該要有工作的樣子吧？

「已經過了四天，妳沒打聽出什麼嗎？妳有在打聽嗎？」

「當然有啊！妳怎麼了？這麼突然。」

在這麼說的同時，巫女混帳……不對，「巫女姐姐」還厚臉皮地喝了一口星冰樂。

我看著她的臉，有種最後一根理智線也斷掉的感覺。我彎下腰，把頭伸向「巫女姐姐」說：

「這種寒冷的天氣裡，讓人在外面工作，自己卻待在這裡悠悠哉哉的，妳都不覺得自己該做點什麼嗎？」

我的氣魄不同於以往，巫女姐姐看起來似乎有點愣住了。她正打算開口說些什麼，但又被我打斷：

「妳光是坐在這裡，是能辦成什麼事？嗯？事情會自動解決嗎？」

不知不覺我的情緒已經脫離掌控的範圍。原本只是小小的火苗，現在火勢已經大到可以燒掉一大捆木柴了。

「辛苦的事都是誰在做的？妳為何什麼都不做！」

「我知道了……」

「妳乾脆跑進去裡面親自餵他們吃章魚燒！至少做點什麼吧！拜託妳做點什麼！」

「我知道了，冷靜！冷靜一點！」

等我回過神來，發現自己正抓著「巫女姐姐」的肩膀瘋狂猛搖。總是厚顏無恥的「巫女姐姐」今天也攔不住我，只是沒力地任由我搖來晃去。

◇　◇　◇

明日與夏容約好會馬上展開行動後，好不容易才把夏容送走，並且將現在的狀況重新整理一遍。她假借八字算命的名義調查了二十名以上的職員，最終將嫌疑人的範圍縮小到三名以內：兩名情報通訊部的經理，以及一位負責人。他們都是跟楊民久的關係非常不好，或是明顯結怨的人。

奇怪的是，他們三個人都沒有出現被惡鬼附身的跡象。通常如果被附身了，會出現跟平常不一樣的行為、說話方式或飲食習慣，但前來諮詢的職員中沒有任何人感受到他們和平常有什麼不同。

除了他們三個之外，還有其他嫌疑人嗎？是那些沒來諮詢的其他部門的人嗎？又或者，是那隻惡鬼跟一般的不同，偽裝得特別徹底？不論是哪個原因，可能性太多了。說不定現在真的要像夏容說的那樣，在每個人嘴裡塞章魚燒來確認事實。不管怎樣，必須闖闖看。

「那邊的先生。」

「什麼事？」

「這個借我用一天吧！」

明日攔住某個從附近建築物走出來的人。那是一個年輕男子，頭上戴著開放式的薄荷色安全帽，身上穿著印有外送平台商標名的背心，背上揹著保存食物用的背包。看起來傻愣愣的外送員，一被抓住手臂就面露警戒。

「我需要安全帽還有你身上穿戴的所有東西。今天晚上會送還到你家。」

「不行，我還有工作。」

外送員神色不悅地一腳踏上電動滑板車，準備離開。明日趕緊抓住滑板車的把手，攔著不讓他走。

「你一天賺多少錢？」

「問這個幹嘛？」

「我現在馬上轉帳給你，今天一天的工資。」

外送員眨了眨眼睛，說出一個金額。明日摸出手機，問了帳戶號碼。過不久，外送員的手機就有通知聲響起。他一確認通知內容後，神速地脫下安全帽。

◊ ◊ ◊

明日一手提著裝滿章魚燒的包包，一手提著一大袋混入符水的美式咖啡，朝「易石網路」大門口走去。警衛毫不懷疑地為她打開出入的閘門。她自然地搭上電梯，抵達情報通訊部所在的四樓。

「外送到了。」

「外送？」

「楊民久先生訂的。」

楊民久現在出外勤，人不在座位上。職員雖然對毫無預警找上門的外送有些驚訝，但聽到熟悉的名字後，也沒有提出質疑。

「放著就好，我們可以自己拿。」

「這是我們的服務。」

即使有職員出聲相勸，明日還是一一將裝了章魚燒的紙杯和美式咖啡放到每個人的座位上。這是為了親眼確認每個人把東西吃下去的模樣。大部分職員都沒多想就把章魚燒放入口中，或是喝一口咖啡。沒有出現問題，至少目前為止是這樣。

很快地就輪到被列為第一個懷疑對象的那個組長。明日把食物和飲料放到他桌上，然後悄悄地觀察他。組長咕嚕咕嚕地狂飲冰美式，還把冰塊咬碎吃下去。不是他。明日移動到下一個位置。

測試過被列為第二號懷疑對象的負責人後，明日離最後一排的位置越來越近。她內心深處開始感到不安：如果到最後都沒有人出現反應，那該怎麼辦？

「為什麼請客啊？」

「大概是為昨天的發飆覺得很抱歉吧！」

大家似乎放鬆了下來，四周開始傳來職員閒聊的聲音。在對面的職員也壓低聲音，開始聊起楊民久的事。明日放慢動作，仔細聽他們對話的內容。

「不對，我覺得是因為那件事。你們都知道 Media Home 有人被殺了吧？」

「職場霸凌事件？」

「聽說死的人是處長的朋友。他自己也會害怕吧？擔心自己一樣被刺死。」

「那不是跟器官走私有關嗎？聽說心臟不見了。」

「另一起事件是那樣沒錯，但 Media Home 的不是。受害者是被水果刀刺死的，新聞誤報了。我有認識的人在 Media Home 上班。」

明日聽到腦中傳來拼圖重新拼組的聲音。原來假設從一開始就錯了。被惡鬼殺害的不是三個人，而是兩個。

明日推門出去後，拿出手機點開人物關係圖。只有「AB人壽」的趙賢成和 Hello Tour 的金柱煥是被惡鬼殺害的。這是一個可能對某方構成威脅，甚至迫使人去殺人的利益集團；兩人一直在定期舉辦投資聚會，從這裡可以連結到一號新的人物：「漢明證券」林永洙。

「漢明證券」在哪裡？明日在地圖應用程式裡輸入公司名稱。藍色箭頭閃爍的地點就在與現在位置距離不遠的地方，也就是馬路對面的巷子裡。

◊ ◊ ◊

停在馬路對面的車必須再次移動。「巫女姐姐」不曉得從哪裡找來服裝，打扮成外送員的樣子。她表示要採取行動，而且外帶了足足一百個章魚燒，然後吩咐我把車子停到「易石網路」前面待命，說惡鬼不曉得會從哪裡跑出來。我打定主意要跟她收一百個章魚燒的費用，同時正打算坐上車子，結果聽到有人在叫我。

「不好意思，還有章魚燒嗎？」

我回頭一看，是一個看起來大概四十出頭的男人。他身後稍遠處站了一個看起來更忠厚老實的中年男性，應該是他的上司吧！那個人年紀看起來比較大，雙手環抱在胸前，正面無表情地看著我們。

「今天營業時間結束了。」

「能不能幫我做一點就好？」

「我現在趕著走。」

聽到我這麼說後，看起來是下屬的男人小碎步跑向上司，說了些什麼。上司立刻一臉不滿地對男人發火。雖然隔了一段距離，讓我聽不清他們說了些什麼，但大致上還是可以猜到。

「真的不能幫我做一點嗎？我會多給妳一些錢……」

男人又回到我面前，再次對我提出請求。我覺得很為難。男人的臉色很糟，所以我很同情他，卻又必須以「巫女姐姐」的命令為優先。我煩惱了一下後做出了決定：

「只有這次例外喔！」

我爬上章魚燒車開火。現在我對製作方式已經很熟悉了，所以有自信能快速做好幾個章魚燒。另一方面，我也有些得意。看來像是公司高階主管的人因為很想吃我的章魚燒而站在路邊等待，這讓我心生想大展身手的念頭。

「可不可以另外再多做四個？」

「好，我幫你做。」

下屬露出開心的表情。看來他自己也想要吃。我打從心裡感到自豪，很快就做完了十二個章魚燒，分裝到兩個盒子裡，遞給那個男人。他馬上將其中一盒轉交給身後的上司。我的任務已經完成，現在該離開了。我把後車廂關上，開始收拾。

這時候，身後傳來了喉嚨噎到時發出的咳嗽聲。我回過頭去，發現那個下屬沒辦法正常呼吸，看起來相當痛苦。

「金處長，你沒事吧？金處長！」

食物好像卡在他的氣管了。竟然有人因為我的章魚燒而命在旦夕。我驚慌失措地跑上前去拍男人的背，但他非但沒有好轉，反而變得更痛苦。這種時候該怎麼做？有食物卡在氣管的時候……

我上高中時學過急救的方法，課程上教的是心肺復甦術或除顫器使用辦法等內容。記得那時我上課心不在焉，還被教課的校護發現、叫到前面去，要我緊貼著因為差不多的理由被叫到前面去的同學背後，跟著示範氣管堵塞時的急救法。

「我剛剛怎麼說的？一手握拳貼在肚子上，然後用另一手包覆在拳頭上，接著往上推！」

我的姿勢不標準，把同學都逗笑了。校護不理會他們，重新幫我調整好姿勢。

「好，跟著做做看。哈姆立克！」

我把那時候的記憶從大腦深處挖出來。

「哈姆立克！哈姆立克！」

我從後方抱住男人的腹部，一邊喊口號、一邊大力地往上推。重複了幾次後，男人終於停止掙扎。沒事了，幸好我有學急救法。我安心地喘著氣，卻總覺得哪裡有些奇怪。男人沒有吐出異物，也沒有咳嗽，只是站在那裡。

詭異的事發生了。黑紫色的光芒從男人脖子的下方往上竄，很快地，他整張臉變黑了。接著，他的臉就像快要炸開來一樣，冒出花花綠綠的氣泡。與此同時，男人一邊大叫、一邊狂奔。

我愣愣地望著他的背影。另外，別說幫忙急救，只是在一旁看著、什麼都沒做的上司，也跟我一樣望著那男人的背影發愣。剛好這時電話響了。我接起來，打來的是「巫女姐姐」。

「老闆，我好像找到惡鬼了。」

語畢，電話另一頭立刻傳來「巫女姐姐」焦急的聲音。

◊ ◊ ◊

我趕緊發動章魚燒餐車，追在惡鬼後面。

「妳繼續追，告訴我位置。我馬上就會過去。」

「巫女姐姐」沒掛斷電話，持續跟我確認位置。惡鬼的速度快得驚人，而且像野生動物一樣任意改變方向亂闖，即使我開著車，還是很難追上牠。

「廣場！現在往光化門廣場去了！」

惡鬼改變方向，往光化門廣場跑去。如果牠跑到廣場上，就不方便開餐車追了，實在有夠為難人。結果正如我擔心的那樣，惡鬼直接橫越了廣場。我只好把車暫停在旁邊分析局面，思考該怎麼追捕他。

這時，戴著薄荷色安全帽、穿著黑色背心的食物外送員，騎著電動滑板車，高速從我身邊經過。是「巫女姐姐」。她就那樣往惡鬼的方向狂奔而去，然後直接撞到惡鬼身上。惡鬼往一旁翻滾，「巫女姐姐」也在衝擊下飛出電動滑板車，摔倒在一旁。

我趕緊把車停好，跑到事故現場前停下腳步。該不會死了吧？我緊張地靠過去，把半脫落的開放式安全帽往上一掀，結果與瞪大眼睛的「巫女姐姐」四目相對。

「妳幹嘛？趕快抓住牠啊！」

毫無預警的斥喝讓我回過神來，連忙脫下外套，一圈又一圈纏住惡鬼的手臂，把牠綁了起來。「巫女姐姐」搖搖晃晃地站起身，跨坐到惡鬼的肚子上，然後從懷裡掏出符咒塞進惡鬼的喉嚨裡，並且封住牠的嘴巴。惡鬼當然拚命掙扎、反抗，但「巫女姐姐」絲毫沒有動搖。惡鬼的臉膨脹到看起來快要爆炸了。

面對掙扎個不停的惡鬼，「巫女姐姐」也不甘示弱，直接出拳打向牠的腹部。一拳、兩拳、三拳……惡鬼的呼吸越來越急促，隨後開始咳嗽。牠接連不斷地咳嗽，咳到彷彿肺要撕裂了，這時珠子「噗」的一聲從牠的口中彈射出來。

它很快就掉到地上，骨碌碌滾了出去，我用腳把珠子擋下，它才終於停住不動。我撿起珠子仔細觀察。它將陽光折射回去，散發出晶瑩剔透的光澤。

「啊啊……」

被惡鬼附身的男人似乎恢復了意識，發出陣陣呻吟聲，臉部已經變回原本的形態和顏色。「巫女姐姐」從男人身上爬起來，身子依然搖搖晃晃，走到附近扶起翻倒在地的電動滑板車。我們環顧四下，發現有一些人在周遭圍觀，還有「啪啪啪」的鼓掌聲在四周響起。

◇　◇　◇

「拯救A職員的章魚燒業者和外送員引起了社會關注。目前推斷，他們救了氣管卡住異物的A某後就銷聲匿跡。」

算命店裡的某個寧靜午後，新聞播報的內容莫名耳熟，我實在無法忍著不轉頭去看。「巫女姐姐」已經坐在電視前的沙發上好一陣子。我也靜靜地到她旁邊坐下。

「賣章魚燒的年輕人救了我們公司的職員。她那時喊著什麼，好像是『哈姆立克』之類的……」

他是被惡鬼附身的那個男人的上司，表情看起來有些恍惚，似乎還是難以置信的樣子。

「以上是A某的上司B某的證詞。另外也有影片拍到在光化門廣場擠壓A某的腹部、幫他排出異物的外送員。A某表示很想找到他們表達謝意。」

在新聞中播放的影片裡，「巫女姐姐」正在出拳擊打被惡鬼附身的男人的腹部。

「那看起來像是在排除異物嗎？怎麼看都是在打他啊？」

「我們幫他把惡鬼排了出來，從結論來看也沒錯，不是嗎？」

「巫女姐姐」用玩笑話回應了我的問題。算了，不管目的是什麼，我總歸是因為好事而上了新聞，心情還不差，甚至反倒滿開心的。

「不過，其中一名死者真的是被人殺害的嗎？」

我突然想起事件結束後「巫女姐姐」跟我說的話。三名死者中，有一名不是被惡鬼殺的，而是確實遭到下屬殺害而身亡。也就是說，真的像新聞報導所說的，是職場霸凌導致的報復行為。

「那起事件害我們浪費了時間。誰會想到他是真的被刀捅死的。」

「看來那人是真的被霸凌得很慘。究竟是被上司欺負得多嚴重才會那麼做？到底是有多生氣才會要用刀殺人……」

我飛快抬起頭看向「巫女姐姐」。她迴避我的視線，說自己肚子餓了，然後起身離開房間。「妳也小心點。」或許是因為我的眼神傳遞了這樣的訊息吧！我嘗到了一點勝利的滋味，靜靜地露出微笑。

◊ ◊ ◊

幾天後，我偷偷看一眼坐在工作室沙發上的「巫女姐姐」，噘了噘嘴。我想跟她追究一件事：我們不是同年嗎？應該要重訂一下對彼此的稱呼吧？不過，這個話題比較敏感，我很難輕易開口。當我保持沉默、只是盯著她的側臉看時，「巫女姐姐」轉頭看過來，和我對到眼。

「怎麼了？」

見我支支吾吾開不了口的樣子，「巫女姐姐」起身大步朝我走來。她把手撐在我的桌上，上半身微微往前傾。

「有什麼話要說嗎？」

她一靠近，銳利的目光變得更讓人有壓力。我迴避她的視線，在腦中反覆對自己說：「說出來，大聲說出來。妳不要再對我說半語！」這些話已經到了我嘴邊，呼之欲出。

「……衣服很適合妳。」

結果實際說出來的話和我心裡想的完全不同。

「這個？謝謝。」

「巫女姐姐」愣了一下，很快就轉身離開了房間。她身上穿著的是一件很普通的白襯衫。

我一下子洩了氣，趴倒在桌上。最後還是沒說出來。今天失敗了，明天和後天大概也是一樣吧！我很清楚自己的個性。

不過，機會總是會再來的。那個能把對「巫女姐姐」累積的不滿發洩出來的瞬間，一定會再來。我會一直等著遲早會再到來的那一天，今天就先嘆口氣，打消念頭吧！

【番外】韓經理．致青春

我是某家實力雄厚「ＩＴ小巨人」中小企業的經理。我從年輕時起就替數一數二的公司做品牌設計，精力和能力使我得到認可，因此才能擔任現在的設計經理一職。雖然我在公司負責的事情多到數不清，但其中最重要的不就是作為一名領導者來管理組員嗎？教導羽毛還很蓬鬆的幼鳥，把他們栽培成優秀的社會成員，是我肩負的重大責任，也是我的樂趣。

然而，不曉得是不是因為人心不古，最近的小孩真的很難管理。他們不像十年前的小孩那樣眼裡閃爍著光芒傾聽我說的話，也無心勤快地做事。幾個月前，我們組裡新招進來的男職員就有這種問題。很久沒有新人進來，而他又是從好大學畢業的，所以我期待很高，但實際帶他的時候，卻發現不管跟他說什麼，他都一副兩眼無神的樣子；不管問他什麼，都要問兩次才能勉強聽到他回答一次，而且工作也不認真，每天都在休息室裡殺時間。不僅如此，他動作還非常慢，就算吩咐他像影印這樣簡單的工作，也要等非常久，真的快讓人鬱悶死了。

每當這種時候，我總是會想起離開公司的金主任。她總是能聽懂我在說什麼，吩咐她的事情也做得很好，從不馬虎。雖然她因為嚴重得罪我而離開公司，但奇怪的是，我其實不太記得那時候發生了什麼事。其他職員也都在看我臉色，不太願意跟我說事情的經過，而我也怕別人覺得我很奇怪，所以什麼話都沒能問。但是每當我回想當時，感覺就像蒙上了一層霧那般白茫茫一片。因此，對於金主任離開公司這件事，讓我更感到惋惜。

其實在公司裡時，我只覺得金主任是一個平凡的下屬。雖然她沒什麼特別出色的地方，但也沒什麼可以挑剔的缺點，可以說是個中規中矩的人。不過，最近有個契機讓我改變了對她的評價。幾天前，我看見金主任了。她在公司前的餐車裡認真地烤章魚燒。

最近的年輕人總是想避開辛苦的工作，只做輕鬆的事，但金主任被公司開除後，非但沒有一蹶不振，甚至去開拓新的道路！看到金主任那個模樣，我沒辦法不跟她買章魚燒。雖然金主任看到我時似乎有些慌張，但我還是可以從她的眼神裡明顯看出她藏不住的思念之情。一定是這樣的。從她進公司那時候起，我作為經理跟她一起工作了幾年，對金主任來說我等於是社會的導師。

我帶著替展翅高飛的小鳥加油的心情留下小費給她，然後回到辦公室，叉起一顆金主任做的章魚燒。一放到嘴裡，它的外皮就軟綿綿地化開來。這口感不就跟我年輕時去日本出差那會兒，在大阪吃的那個章魚燒一模一樣嗎？

金主任的實力和韌性太讓我感動了。我想傳訊息給她，所以拿起手機輸入訊息：

「我之前錯看妳了，現在馬上幫妳安排一個位置，重新回到我們公司來吧！」

但就在訊息要發送出去的那一刻，我猶豫了。因為我在想，如今她這樣挑戰新事物、在艱難的世間闖蕩，會不會是有意為之的呢？在年輕人徬徨的時候，默默地給予關注才是優秀的大人。最終我刪除了本來寫好的內容，改成發送加油訊息來表達我的心意。

雖然很可惜，但總有一天我們會再見的。在那之前可能會很辛苦，也可能會流下眼淚，但我希望妳能盡情享受那個過程，屬於妳的青春時代！

兔子巫女事業繁榮符

事情的起源真的沒什麼特別的。我像往常一樣躺在床上滑社群媒體的貼文，只是那天看到的內容和平常不太一樣罷了。

我看到大學時期一位同屆同系的同學上傳的貼文。上學時我們不太熟，現在也沒在跟彼此聯絡，但我們在社群媒體上是好友，所以總是能知道她的近況，是一種奇怪又常見的關係。不過，那則貼文的內容完全不常見：她出於興趣好玩創作的角色被大企業相中，要進行合作了。

我點進留言欄位。她的友人和粉絲接連不斷留下祝賀的訊息。我無法移開目光，往下一行一行地讀起留言，然後心想：

我們畢業於同一所大學，任職的公司水平也差不多，為什麼那個人就能和大企業合作，而我的人生就沒什麼值得炫耀的呢？還記得上大學的時候，不管是繪畫還是設計，我都比她更優秀。一想到這裡，就覺得躺平的自己變得非常非常渺小，好像連她那個兔子角色的一個像素點都不如。我好不容易才滑開那篇貼文，點開時下流行的綜藝節目短影音，但我一點都笑不出來，滿腦子還在想著那位同學的喜事。

◊ ◊ ◊

隔天在算命店，「巫女姐姐」出外勤，我要做的事也只有製作客人下訂的符咒，正是悠閒的時候。我吸了一大口從外面買回來的珍珠奶茶。

糖分和咖啡因在體內擴散開來後，我的情緒變得高昂，興致也跟著飆升。在此同時，我的腦中浮現了一個念頭：昨天被羨慕蒙蔽了雙眼，光顧著嫉妒，但說不定我也能做到，不是嗎？之前我一直以工作繁忙為藉口，但我的大學同學不也是邊上班邊做到了？更重要的是，看看我現在的雇主「巫女姐姐」。她除了自己巫女的本業之外，還經營YouTube和部落格，甚至涉獵各種銷售平台，真的是斜槓的典範。我也要仿效她。

那麼，該做什麼好？我當下想到的點子就是像同學那樣創作一個角色。我從小時候就很喜歡可愛的角色，也經常自己畫，不光是模仿別人的作品，我還喜歡創作，所以高中時期還曾創作了長得像班導師的角色，成功把同學逗笑，卻把老師惹惱了。很好，就來創作角色吧！

首先是要擬定風格。現在正是大角色時代，市面上幾乎所有種類的風格都有。在這種情況下，有什麼主題能夠突破擁擠的市場、吸引人們的目光呢？

我在紙上隨手塗鴉了許久，始終沒想到適合的東西，於是往後靠向椅背，嘆了口氣。上大學時，教授總是說：「出色的點子就在你們身邊。」每次聽到那番話我都很想反駁，因為我的生活平凡無奇。那種話只適合人生過得很特別的人。我現在也只是平凡的上班族而已。

不對，我平……凡嗎？工作室的桌上散落著畫到一半的符咒，再轉頭一看，櫃子的把手上掛著一件巫女服。這時我如同得到神的啟示一般，閃過一個想法。教授說的果然沒錯。出色的點子就在我身邊。

我下班後一回到家，就坐在房間的桌前開始畫畫。它叫做「兔子巫女」。我用童話風格畫了我喜歡的兔子，然後幫牠戴上尖頂帽、穿上巫女服。我畫了幾張後，上傳到社群媒體試試水溫。幾個小時後，很多朋友留言說很可愛，按讚數也急速增加。或許是因為我有用標籤，所以也有很多外國人看到。即使上床時間已經過去很久，我還在確認隨時變化的回饋。我心裡某塊長時間沒用到的肌肉，似乎開始蠢蠢欲動。

之後一個月，我開了新的社群帳號，每天都上傳插畫。我回到家匆匆吃完飯後，就只顧著畫畫，所以才有辦法做到。這是以前的我難以想像的事，因為我下班後總是像張紙一樣攤平休息。

現在不同了。即使很疲憊，我心裡還是很輕鬆。最重要的是，我很享受。多年來，我一直機械化地做設計的工作，早就忘了這種感覺，但其實我很喜歡做這樣的事：讓大家看見我的創作成果、喜歡它並且拿來運用。

後來有個粉絲傳私訊給我。他說很想擁有兔子巫女的周邊商品，希望我能夠製作。

新的欲望蠢蠢欲動了起來。

◊ ◊ ◊

二七〇一九〇〇〇元。我看到這串數字後實在難以相信，反覆重看了好幾次。兩千七百零一萬九千，兩千七百零一萬九千……這是兔子巫女角色周邊商品製作專案的募資金額。

群眾募資指的是先從消費者身上獲取贊助金，再製作產品來供應的一種銷售形式。我不確定有多少人想買新的原創角色兔子巫女的產品，所以才選擇風險最低的方法。即使賣得不多，還是能做出成品，某種程度來說，也算是一種自我滿足的選擇。然而，結果就如同我剛剛說的那樣，大約募資到兩千七百萬元。贊助者有一千零二十二人，募資成功率達到百分之九百。簡單來說，就是「人氣爆棚」。

我忍不住笑了起來。一有空就會打開募資頁面，看一下多了多少贊助者。如果到了這種水平，感覺辭掉本業工作、一輩子專心製作兔子巫女似乎也不錯——我還陷入了這種幻想。

不過，或許是我太興奮了。我犯了在經營副業的上班族最該注意不要犯下的錯誤。

「我用一下電腦喔！」

我坐在廁所馬桶上時，才想到「巫女姐姐」剛剛經過時說的話。

在我進廁所前，打開的電腦頁面是什麼？是開開關關無數次的兔子巫女商品介面。

我趕緊衝出廁所、跑回座位。

「這是什麼？」

好巧不巧，「巫女姐姐」正在看那個頁面。我原本希望她能忽略那個內容，不過整個頁面都寫滿了「巫女」，看來想不注意到還是有難度。

「達成願望的兔子巫女鑰匙圈？『小心夜路』兔子巫女詛咒娃娃？」

「那個，我正在調查市場，看最近有沒有什麼和我們產業相關的特別內容……」

「這是什麼名字？巫女媽媽？」

那是我的暱稱。雖然我是帶著以內心生下兔子巫女的想法取了這個名字，但不能說我取名時完全沒有被「巫女姐姐」影響。

「天啊，這該不會是抄襲吧？我馬上打聽看看。」

我一邊這麼說、一邊趕人似地把「巫女姐姐」從椅子上扶起來，沒理會「巫女姐姐」起身時不爽的表情，只為自己逃過一劫而鬆了口氣。

◇　◇　◇

等成品順利產出、寄送出去後，已經過了十五天。我最近的例行公事就是在網路上搜尋「兔子巫女」，閱讀大家購買募資商品的開箱文。這天，我也在搜尋開箱文，結果在某個社群平台上看到引人注目的文章。

「使用兔子〇〇詛咒娃娃之後，我被詛咒了。」

心跳聲越來越大。我用顫抖的指尖點開頁面確認文章內容。張貼文章的作者是一名學生，他說自己購買詛咒的娃娃是想用在同班同學身上。那同學是練田徑的，所以他祈禱同學的腳能受傷，並且在娃娃的右腳上釘了根釘子。結果隔天上體育課時，那個同學在跑步時右腳扭傷了。作者雖然很驚訝，另一方面又覺得有點失望，因為他覺得詛咒娃娃的效果不怎麼樣。

不過，當天他自己就在放學回家的路上發生交通事故。他每天走的那條路上突然有車衝出來，結果他準確地傷到右腳而骨折了。作者很肯定這一切都是詛咒造成的，於是他為了證明事實，附上自己購買的詛咒娃娃還有腳打石膏的照片。

我讀了文章下面的留言。雖然大部分都是在批評作者的惡行，但其中也有人對詛咒娃娃的效果感到驚訝，將關注焦點放在娃娃上。

雖然照片有馬賽克處理，但我能肯定文章裡提到的詛咒娃娃的確是兔子巫女的產品。不安的情緒擴大。這真的是兔子巫女娃娃造成的事故嗎？事情如果屬實，或許會再發生其他類似的案件。這對於我的良心和兔子巫女的形象來說，絕對都不是好的發展。

我煩惱了一整天後下定決心，要對身邊最親近的巫術信仰專家——也就是「巫女姐姐」——吐露實情。雖然得從募資的原委開始講起，實在有些丟臉，但總比一個人煎熬來得好。

「妳把名字取成『巫女媽媽』，難怪我總覺很可疑。」

「比起那個，我剛剛提到的問題……」

「我知道了。妳覺得好像有人因為妳做的玩偶受傷了？」

「對，而且還準確地傷到他釘釘子的那個部位，所以我覺得很不安。」

「巫女姐姐」反覆讀了我秀給她看的那篇文章之後說：

「只是取名叫詛咒娃娃而已，看起來就是工廠製作的布偶啊！誒？不過妳還有附符咒？」

「對，這是早鳥優惠的禮物。有什麼問題嗎？」

「符咒的內容……」

「是健康符咒，我只是拿來營造氣氛用而已。」

「那應該會變健康啊！哪來的詛咒啊！」

「巫女姐姐」一口否定後，表示產品沒什麼問題就離開座位。雖然我稍微安心下來，但仍然有些不安。不管事實如何，這篇文章都得到了熱烈的迴響。如果它繼續在網路上傳開，會對兔子巫女的品牌價值造成損害。我必須找出真相。我不能就這樣失去珍貴的兔子巫女。

意外的是，我很快就找到了線索。搜尋「兔子巫女詛咒娃娃」的開箱文時，我在某篇文章中發現了眼熟的照片。那是上傳到某個社群媒體的開箱文，裡面附的一張照片跟之前引起爭議的文章中附的照片一模一樣。我以為跟上篇文章是同一個作者，但這篇開箱文的主角是一個成年人，敘述的語氣也完全不一樣。

這張照片毫無疑問被盜用了。我抱著一絲絲的希望，把那張腳打石膏的照片放到圖片搜索的網站上。搜尋結果上方出現一則社群媒體的貼文，是同一張照片，而且下面還寫著一句話：「踢足球時受傷了。」原來一切都是謊言。

我把網路上蒐集到的內容截圖後，在刊載那篇受詛咒而發生交通事故的文章的平台上，張貼了反駁的內容。沒過多久，那篇有問題的文章就被刪除了。在我寫的反駁文下面，有些人留言表示本來就不相信那種言論，還有些人提到：「他是不是在恐怖版很有名的那個人？」深入了解後才發現，原來那個人是說謊慣犯，總是在類似的社群平台上撰寫恐怖的文章。

了解事情真相後，雖然感到既空虛又火大，但解決問題還是安心了不少。我跑去跟「巫女姐姐」說明事情的來龍去脈，「巫女姐姐」聽完之後，露出充滿自信的表情說道：

「果然，我就說那種事根本不可能發生。」

「幸好沒什麼問題。我很怕兔子巫女就這樣被毀了。」

「太好了，接下來就跟我合作吧！」

「什麼？」

「我看妳的角色很有特色，不錯啊！如果跟我的頻道合作，一起製作商品，感覺會有加乘的效果。」

這番預料之外的發言讓我瞪大了眼。雖然有些意外，但確實是個很不錯的提案。我在募資上獲得了成功，但兔子巫女社群帳號的粉絲數還是停留在一千多人左右。如果想走出愛好者的圈子、進一步走入大眾的視野，還有很長一段的距離。我的角色竟然可以和訂閱人數近二十萬的 Youtuber 合作，不管從哪個層面來看，這都是好事。

「怎麼樣？」

「當然好啊！」

「很好，那麼產品的開發就全權交給妳處理。」

除了原本的業務之外，我還要再多做新產品企畫及開發的工作，不過沒有關係。如果說以前只是替「巫女姐姐」工作，那麼現在也是在為了我自己工作。它發展得越順利，我的品牌價值也會跟著一起提升。我彷彿回到了新人時期，充滿了幹勁。我打開新的文字檔，一個字一個字開始撰寫企畫書。

定下新產品的主題後過了一個月，我們對外發表了第一次合作的產品。那是一個「內有玄機手機殼」，外面是可愛的兔子巫女圖樣和「巫女姐姐」頻道的 LOGO，裡面則刻了用草書書寫的符咒。反應想當然很熱烈。雖然一開始是限量販售，但訂單量意外暴增，於是我們馬上追加製作。

兔子巫女的認知度自然地上升了。粉絲數已經超過兩千人，有時候還能看見一天增加一百人的急速上升趨勢。我的角色、我的產品，正受到許多人喜愛、被許多人使用。這是很棒的事。沒有比這更幸福的了。

不過，我為什麼覺得這麼累？

剛開始做的時候，我充滿了熱情。就算整天處理 YouTube 的工作、設計產品，回家後還繼續畫兔子巫女的圖，也不覺得疲憊，因為我終於不再是為了誰工作，而是在做「我自己的事」，所以興致高昂到不睡覺都還撐得住。然而，時間一長，興奮和熱忱不得不消滅，取而代之的是疲勞和睡眠不足。

產品包裝再怎麼做都看不見盡頭。「巫女姐姐」一直催促我交出新的合作企畫，但我準備好後，她又嫌商品價值太低而要我重來。我摺了上百個裝產品的快遞紙箱，感覺連指紋都要磨平了。「巫女姐姐」一開始還會一起摺，最近卻總是以出外勤為由逃得遠遠的。在此同時，我還得親切地回覆人們傾瀉而出的不滿，像是「跟我預期的顏色不一樣」、「符咒的字體暈開了」、「實品不滿意」等意見。

這真的是我想做的事嗎？長久以來的盼望在不知不覺間黏上一層厚厚的雜務和壓力，現在已經變得凌亂不堪，再也看不清原本的樣貌了。

即使如此，還是要認真工作。我準備了新的企畫案，很快就發表了第二次合作的內容。產品名稱是「實現願望自己來，ＤＩＹ願望成真套組」。這個套裝組合包含了一個印有兔子巫女圖樣的小鐵盒，裡面裝了符咒用紙、墨水和蠟燭，還有寫了「許願方法」的說明書。不僅如此，我們還製作了「暗黑版本」限量販售。這個限量版套組從外部包裝到裡面的成品全部都統一成黑色系，給人一種暗黑又高級的感覺，還附了「巫女姐姐」撰寫的符咒（但其實是我寫的）。而且，即使這個限量版套組的定價很高，商品依然很受歡迎，開賣的第一天甚至還導致首頁癱瘓。

這次也大獲成功。我品嘗短暫的喜悅之後，就忙著包裝套組的商品，每天都過得很忙碌。我們猶如順風航行的帆船，持續不斷地賣出產品。就這樣過了大約兩週的時候，我的人生又再次遭遇試煉，彷彿從未順遂過那般。

「使用『願望成真套組』後開始頭痛。」

有人在社群媒體上傳了文章，內容大概是這樣：發文的作者希望喜歡的人可以跟女友分手，所以寫了符咒，點了蠟燭，每天都為此祈禱。然而，從那之後她就開始頭痛，最近甚至痛到吃了藥也沒有好轉。

我一開始覺得這沒有什麼。雖然這個人主張自己是因為「願望成真套組」才會頭痛，但在現代社會中，會造成頭痛的因素非常多，例如壓力、睡眠不足、過勞、咖啡因中毒、烏龜頸症候群、顳顎關節障礙、腦出血等。作者肯定是因為這類的其中一個原因造成頭痛，然後碰巧在這段期間購買了套組。說不定這次也跟詛咒娃娃那時一樣，是一場謊言。厭世感倍增後，我選擇假裝沒看見這篇文章。

如果事情就這樣結束的話該有多好？悲劇的是，每天都持續出現類似的心得文。

—我也是用了之後就開始頭痛！

—我咳嗽症狀有點嚴重。我祈禱討厭的人升遷失敗，難道是許錯願望才會這樣嗎？

—感覺真的是那樣耶！我許的願望也……

出現各種副作用的人加起來已經有十人了。這些人的共通點就是購買了暗黑版本的套組，然後許了傷害別人的願望。

越來越多人出現類似的說法後，這個主張逐漸變得更具體且清晰，到後來「祈禱會產生厄運，反噬祈願的當事人」成了既定的事實。

——這就是二十一世紀的黑魔法嗎？

——這是真的。我祈禱我們家的小狗能健健康康的，結果沒有任何副作用。

突然間，我成了用黑魔法操縱平凡普通人的大魔法師。這狀況讓人很擔心，需要想想解決的對策。

◊　◊　◊

「所以妳幹嘛寫這樣的句子？」

結果我又跑去找「巫女姐姐」，將現況說明給她聽。她聽完之後是這麼跟我說的。

這句話裡的「這樣的」指的是「願望成真套組」說明書裡的句子。

5. 如果許不好的願望，說不定會發生驚人的事～

「因為上次發生的事，我才想給點警語。」

「不管怎麼說，這都會被人抓把柄啊！我死都不會留下任何要負責任的言論。就算發生問題，也絕對跟我無關。我死都不會讓那種事發生。」

「巫女姐姐」接著開始長篇大論，說起她自己在賣東西的時候，還有在幫人諮詢的時候，說話用詞有多麼謹慎，多麼努力在迴避責任。雖然她覺得自己是在指點我，但如果她那麼清楚狀況，為什麼之前不好好地檢查，老是一副事不關己的樣子，現在才在這邊擺架子。

我只想一拳從「巫女姐姐」的後腦勺敲下去。

「所以現在要怎麼辦？」

我在「巫女姐姐」換氣的時候，開口打斷她。於是「巫女姐姐」拿來了紙筆，開始寫起字來。

「來，我們想想看原因是什麼吧！」

1. 詐騙

「應該是和上次一樣，有人在刻意造假詐騙。普通人怎麼會因為許願就受到詛咒呢？」

我最先想到的也是這個。在網路上捏造一篇「產生副作用」的文章並非什麼難事。不過，有幾個讓我比較在意的地方。「這次有超過十個人發表類似的內容，難道他們都在騙人嗎？」

「這個人數不一定是正確的，也有可能一個人開了很多個帳號，又或是拉了一群人來做。」

這個假設聽起來滿合理的。想在網路世界操縱輿論沒什麼困難的。但是，還有一個部分讓我有些在意。

「這個人有五千個粉絲，經營社群媒體也已經五年了，他會詐騙嗎？」

我把其中一個主張自己頭痛的帳號拿給「巫女姐姐」看。

「有人跟妳結怨嗎？像是高中同學之類的。」

「我調查過了，這個人是三十八歲，在江南昌原經營咖啡店。我當然沒見過他，更重要的是他把個人資訊都公開了。這樣的人還會在網路上詐騙嗎？」

「那麼下一個。」

「巫女姐姐」陷入短暫的沉思後，又寫下一個新的內容。

2. 集體歇斯底里

「集體歇斯底里？」

「在葡萄牙，曾經有一群十幾歲的孩子集體出現類似的症狀，像是暈眩、呼吸困難、起疹子等等，但經過調查後發現，這是電視節目造成的假病毒的症狀。大家看到後覺得擔心，就真的開始不舒服起來。因為朋友說不舒服，所以自己也跟著不舒服，最後就集體傳開來了。」

「那這件事也是？」

「最一開始的那個人應該是偶然出現頭痛症狀的。妳仔細想想，花五萬元買這種奇怪的套組來許不好的願望的那種人，就算罹患神經性頭痛也不奇怪吧？但他看到妳寫在說明書裡的句子後，認為自己受到了詛咒，所以就上傳到社群媒體。看到那篇文章的人，也被他的想法影響而變得很在意，結果真的開始頭痛，最後就變成了集體的現象。」

「不過也有人說咳嗽變嚴重了，這純粹是精神方面的因素引起的嗎？」

「葡萄牙的小孩還出現呼吸困難的症狀呢！咳嗽算什麼。」

這聽起來很有說服力。應該有很多人購買兔子巫女或「巫女姐姐」的產品不是為了收藏，而是想藉由巫女的力量達成願望才購買了套組。這些人的特徵是因為現實的某個狀況而正在承受壓力，並且對迷信抱持著開放的心態。前者會讓他們產生各種病症，後者則可能讓他們一致認為這種現象是「兔子巫女的詛咒」。

不過，我內心的某個角落依然殘留著反抗的聲音。他們實際上遭遇了痛苦，我可以把原因歸咎到他們精神方面的問題，自己卻撒手不管嗎？

而且雖然我不想相信，但還有一個一直在腦中浮現的可能性讓我很難受。

「難道真的跟詛咒一點關係都沒有嗎？這次的限量版還有附符咒……」

話說出口的時候，我很怕被嘲笑，不過「巫女姐姐」沒什麼特別的反應，只是動筆寫了下來。

3.「真實的」兔子巫女詛咒

「買套組的人許了不好的願望，也就是許了傷害別人的願望，然後寫符咒、點燃蠟燭，所以受到了詛咒。妳的符咒不知道因為什麼發揮了效力，對遠處的某個人……」

「巫女姐姐」皺了皺眉，想了想後再度開口：

「不太可能吧？」

「看來不太可能。」

我失落地用手臂墊著頭，趴到桌子上。我實在沒有力氣再思考了。

「我已經分不清到底什麼是真的、什麼是假的了……」

「不要花太多時間煩惱不明確的事，專注在確定的事上吧！」

「確定的事？」

「嗯，就是去做妳該做的事。上支影片的觀看次數太低了，選圖時再認真選一下。」

「巫女姐姐」拍拍我的肩膀後離開了位置。我如同被澆了一盆冷水般重回現實。我顧著煩惱兔子巫女，累積了太多事務有待處理。我重新打開電腦螢幕開始工作，但是越努力不去想，兔子巫女的事就越是緊緊卡在腦中。

◇　◇　◇

再怎麼想都沒有答案，但隨著時間流逝，「兔子巫女的詛咒」話題熱度逐漸退去，再也沒有人說自己發生了副作用。於是我重回日常，包括繼續處理「願望成真套組」剩下的寄送工作、管理符咒銷售和 YouTube 頻道，以及在「巫女姐姐」施壓之下開始企畫新的合作產品。哪怕我有三個身體都忙不過來。

事情發生當天，我也一樣很忙碌。我打開新聞頻道，有一陣沒一陣地聽著，手邊正在做簡單的工作。然而，有一個消息特別引起我的注意。

「近來發現有某家業者將國產蠟燭充當進口蠟燭販售，掀起軒然大波。再加上，業者販售的蠟燭是由含有有毒物質的材料製成，可能對呼吸道造成不良影響。環境部將於……」

蠟燭，一聽到這兩個字，我的大腦似乎就停止運轉了。我怎麼沒想到呢？「限量暗黑版套組」不僅有附符咒，連蠟燭的種類都跟一般套組不同。原本找不到黑色的蠟燭讓我還煩惱了一陣子，後來才從另外一家業者那裡買到蠟燭，和一般版的品牌不同。

我趕緊打開網頁搜尋新聞。相關業者販售蠟燭的時期和我購買限量版蠟燭的時期是一致的。我找出賣家的電話打了過去，沒有人接。我繼續打了十通、二十通，依舊只聽到無人回應的通知聲。

隔天我也不需要再費心確認了，因為業者的名稱在媽媽論壇被爆出來後，大肆傳開了——就是我買限量版蠟燭的那一家業者沒錯。驚人的是，有人比我更快一步發現「願望成真套組」附的蠟燭是那家業者販售的。他就是擁有五千個粉絲、在江南昌原開咖啡廳的那個人。他掌握狀況的速度竟然比親自購入的我更快，實在厲害。託他的福，兔子巫女的社群帳號和商品販售網頁從一大早開始就湧入一堆辱罵的留言。

我沒辦法否認。雖然我也被業者騙了，但畢竟是我把東西賣給別人，最後造成了損害，這是不爭的事實。我不僅會補償，也做好虛心接受批評的心理準備。不過，與我的決心不同的是，大家攻擊的目標是「巫女姐姐」。因為比起沒有認知度的兔子角色，露臉的巫女 Youtuber 更樹大招風。大眾根本就不知道也不關心實際上是由誰負責購買放入套組內的蠟燭。

批評的聲量越來越大，連「巫女姐姐」的 YouTube 影片都出現惡意留言。原本叫我不用回應的「巫女姐姐」，默默地走到我的座位旁說道：

「最近被罵得太慘了，YouTube 頻道經營的問題……」

她沒有把話說完。是時候要做出決定了。

◇　◇　◇

大家好，我是「巫女姐姐」。

在這裡，我要對最近因為「實現願望自己來，DIY願望成真套組」而受害的所有人真心誠意地道歉。

大家出於對我的信任而購買產品，現在卻造成了這麼大的問題，我真的愧對大家，非常抱歉。

只不過，我想在這裡澄清一個誤會。

在這次的合作中，我與合作方分工明確，我負責品牌授權並且提供限量版的符咒，所有產品都是由兔子巫女負責管理的，所以引發問題的蠟燭也是由兔子巫女選擇購入的。但是在計畫審核這方面，我並未仔細地確認，這的確是我的疏失。

往後我會努力不再犯這類的錯誤。

在此再一次對因此受害的許多人致歉。

我會全額退款給購買暗黑版「願望成真套組」的消費者。
在此也鄭重聲明，往後我將不會再與兔子巫女有任何合作。
真的很抱歉，也感謝大家諒解。

「巫女姐姐」

這是上傳至「巫女姐姐」頻道的道歉文，我重複寫了又刪幾十次，然後也在兔子巫女社群帳號上傳文章，表示「一切都是我的錯，『巫女姐姐』沒有錯」。可能馬上就有許多人讀到，「點讚數」以驚人的速度持續在增加。雖然收到了一則新私訊的通知，但我沒有確認就直接點下登出的按鈕。反正不用看也是罵人的。最近各種罵人的話湧入兔子巫女的帳號，我簡直可以說是一輩子的罵都挨完了。實在沒必要又多挨一個罵，讓自己不舒服。

親自撰寫與我心愛的品牌劃清界線的文章，心情真的不太好受。不過，我不想再給「巫女姐姐」帶來更多困擾。就此結束，對兔子巫女來說也是最好的選擇。

你們問我往後要怎麼處理在過去幾個月，辛辛苦苦、犧牲睡眠換來的職業生涯嗎？

暫時只能說再見了。我關掉了所有帳號，並且把難以處理的手機殼和蠟燭隨意塞到算命店的倉庫裡。這些東西不曉得還有沒有機會重見天日，說不定會就這樣在網路世界製造一個事件後，從此消失在歷史的舞台上。我嘆了口氣，關掉電腦螢幕。

不過，只有我自己知道，這聲嘆息中還混雜了一絲絲的暢快感。

◊ ◊ ◊

〔新訊息〕

請幫幫忙，我的朋友很奇怪。

昨天朋友來我家玩，所以我們把「願望成真套組」拿出來用。我們一起點燃蠟燭、寫符咒，結果朋友突然開始掙扎起來。他大聲喊叫，用手刮壞地板，眼球往上翻，口吐白沫……

我不知道該怎麼辦，只能在一旁不停發抖。

不知道是幸還是不幸，朋友很快就失去了意識，於是我叫救護車把他送去醫院，不過他到現在都還沒有醒來。

到底為什麼會變成這樣？
不會是因為我的關係吧……
……其實我許了個願望。
朋友最近變得很暴躁而且對我過度執著，
所以我希望他能回到以前的模樣。
希望他不好的那一面可以消失不見……
問題真的出在我身上嗎？
如果是錯在我許了不好的願望，那我再也……
……您如果知道些什麼，拜託一定要幫幫忙。
拜託……

舞台劇演員愛情成功符

「是夏容嗎？」

我跟「巫女姐姐」吃完午餐、正要離開的時候，在我們後面結帳的女人攔住了我。

我看向她的臉，一個埋在記憶深處的名字浮上了水面：

「妳是珠熙？」

她是高中時期跟我在同一個美術補習班準備大學入學考的同學張珠熙。雖然我們在長達近三年的期間一起經歷了各種苦難和逆境，但各自到不同的大學就讀後，自然而然就斷了聯繫，只偶爾透過其他朋友輾轉聽到對方的消息，十多年來從沒再見過面，現在卻偶然遇上了。

我們興奮地和彼此打招呼，閒聊了起來，然後我才突然想到還有個人站在我旁邊。

我趕緊停下對話，打算跟珠熙介紹「巫女姐姐」。

「這位是跟我一起工作的……」

「**巫女姐姐？**」

我話還沒有說完，珠熙就看著「巫女姐姐」，驚訝到用手摀住了嘴。

「沒錯，我就是『巫女姐姐』。」

面對「巫女姐姐」的回應，珠熙接連發出「哇」、「天啊」等感嘆詞，熱情地表示自己從「巫女姐姐」頻道剛成立的時期開始就一直在收看，是她的粉絲。不僅如此，她還拿出紙張跟「巫女姐姐」要簽名，甚至要我幫她們拍照。我看著在同一個框框裡的職場上司和高中同學，試著搞清楚現在是什麼狀況，但實在是不容易。

「抱歉，妳們正要離開，我是不是耽誤太久了？」我看了一下手錶，的確到該回去的時間了。就在我要跟珠熙道別的時候，「巫女姐姐」讓我跟許久不見的朋友敘敘舊，說完就自己先走了。雖然她故作鎮定，但遇到粉絲看來還是挺開心的。我可不能放過這大好機會，便拉著珠熙前往附近的咖啡廳。

◊ ◊ ◊

我和珠熙聊的很開心，談話間笑聲不斷，幾乎都要忘了我們已經超過十年沒見面。我們一起度過準備入學考試的時光，值得回憶的話題就像聚寶盆一樣多到滿溢出來。盡情地暢聊過往的歲月後，我們才開始問起彼此的近況。珠熙害羞地笑說最近交了男朋友。

「說到男朋友，讓我想起妳當時的綽號不是叫『政君夫人』嗎？我還以為妳真的會跟李政君結婚呢。」

關係要好的朋友之間都會有一、兩個綽號，而珠熙的綽號就是「政君夫人」，因為她很喜歡一個叫李政君的男演員。高中時偶然看了某齣舞台劇後，珠熙就成了李政君的粉絲，還到處宣告以後會跟他結婚，積極地表達愛意。當時周遭的人都在吐槽她幹嘛喜歡那種沒有名氣的舞台劇演員。每次被別人這樣說，珠熙都會堅持她非主流的觀點：「只有我喜歡更好」，並繼續追著李政君到處跑，甚至還為了見到他而下定決心，未來要往劇場設計的方面發展。

過去十年當中，李政君的名氣有了巨大的改變。某次偶然出演訪談節目時，他乾淨利落的外貌和出乎意料的言行舉止引起了關注，隨後便與注意到他特質的有名編劇合作，出演電視劇中的配角而聲名大噪。後來他首次主演的浪漫喜劇大受歡迎，讓他因此擠身明星的行列，一路以來都發展得很好。偶爾在電視上看到李政君時，我都會想到珠熙，同時也會心想，他現在變得這麼有名，珠熙應該是不可能跟他結婚了。當然，對珠熙來說，李政君也不過是學生時期曾經喜歡過的藝人罷了。

「是啊，妳要不要看看我男友的照片？」

珠熙二話不說開始翻找手機的相冊，從裡面找出一張照片給我看。原本看向螢幕時我還沒有多想，但當我看清照片中的那張臉時，眼球差點要跳出來。我張大了嘴，因為照片中和珠熙一起甜蜜地用手比心的人正是李政君。

我驚訝到難以保持鎮靜，接連問了珠熙好幾個問題，包括他們是在哪裡認識的，又是怎麼開始交往的等等。珠熙看見我的反應後，露出滿意的笑容，開口答道：

「政君在經營一個劇團，我幾年前加入了他的劇團，做劇場設計的工作。一開始就算是一起做事，政君也非常忙碌，很難見上一面，但最近我們突然親近了許多，結果就交往了。」

「天啊！從什麼時候開始的？」

「還沒交往多久。」

「真的太好了。妳之前不是說，如果可以跟李政君交往，就算把靈魂出賣給惡魔也願意？現在應該很幸福吧！」

「嗯嗯，當然。」

珠熙露出微妙的表情點了點頭。接著我們又聊起其他話題，等聊得差不多的時候，珠熙彷彿突然想到似地開口問道：

「不過妳和『巫女姐姐』是什麼關係啊？妳們一起工作？」

該來的還是來了。我思考了一下要怎麼回答，因為我在煩惱該坦白到哪個程度。

雖然我已經跟「巫女姐姐」共事了一年，但不管是對朋友還是家人，我現在的說法依然是「在個人工作室工作」，並未如實告知目前職場的狀況。直覺告訴我，離開好好的公司、跑到巫女的手下工作，不論是誰都很難理解。同齡的朋友已經從主任升遷到課長，或是領高額年薪、到更好的企業發展了。雖然我知道每個人的人生旅途都不一樣，但要跟別人坦白自己在很特別的地方上班，還是不太容易。

但是珠熙現在已經知道我認識「巫女姐姐」，說不定也有稍微聽到我們在餐廳裡的對話，想用謊言來隨便搪塞她實在有點困難。況且，關於我的工作和日常生活，我也有一點點想要老實對人說。

「其實我現在在『巫女姐姐』的手下工作。」

「不過我聽說妳去廣告公司上班了……」

「那裡我只待了一年，後來在ＩＴ公司工作，然後又離職了。」

我簡單地對珠熙說明了到「巫女姐姐」底下工作的緣由——當然隱瞞了跟惡鬼有關的部分。

「哇！妳真的……」

很魯莽、沒在用腦子、清醒點吧……我如同給自己打預防針那般，提早在腦中預想她接下來會說的話，結果珠熙說的是：

「好帥。」

「好帥？」

「嗯，妳想挑戰，不是嗎？而且『巫女姐姐』的頻道很有趣啊！感覺會成功。」

其實根本不是挑戰，只是不想再找工作才去的，但是別人自動往好的方向理解，讓我聽了心情變很好。再加上，珠熙甚至看好「巫女姐姐」頻道的發展，本來我還覺得未來的職涯發展一片迷茫，現在卻有種豁然開朗的感覺。

「妳在那裡主要是做什麼工作？」

「設計 YouTube 相關的內容、剪輯影片、管理留言，『巫女姐姐』直播時在旁邊幫忙，然後跑跑腿、打掃，跟著她到處跑……還有什麼？啊！還要寫符咒。」

「寫符咒？」

慘了。被認可後不小心太興奮，讓我講了太多不該講的資訊。珠熙對我工作的想像應該停留在輔助個人創作者的設計工作，不包含分擔巫女本身的業務。我得努力補救說錯話的後果。

「不是妳想的那樣……」

「『巫女姐姐』賣的符咒是妳寫的？」

結果她已經掌握了實際狀況，讓我毫無挽回的餘地。不該小看「巫女姐姐」的老粉，我慌張地開始手抖。這件事如果傳出去，可能會對「巫女姐姐」造成傷害。我正在想辦法說些什麼來辯解而絞盡腦汁，珠熙卻用爽朗的聲音說：

「太好了，那妳幫我寫一張符咒吧！」她這次的反應也出乎我的預料。

◇　◇　◇

「妳說李政君變了？」

珠熙一臉擔心地點點頭。她的煩惱是這樣的：李政君本來是很冷漠的人，不管珠熙再怎麼親切地跟他搭話，跟劇場無關的話題他都回答得很簡短，而且答完就跑掉了。但是一個月前，他產生了變化。

「他變得很親切又和善，還常常跟我說話。」

後來兩人經常見面，在珠熙猛烈的攻勢之下，他們終於順利交往了。

「這樣不是很好嗎？為什麼妳還要我寫符咒？」

「問題是，他不只是對我親切。」

本來李政君對誰都很冷淡，不管是對演員，對導演，對燈光師，還是對餐廳的阿姨。所以即使珠熙的愛情得不到回應讓她很辛苦，但還是能夠忍受。如今，李政君對劇團裡的人，尤其是對女孩子，經常會先開口搭話，還會開玩笑。珠熙覺得這點很難忍受。

「所以妳就幫我寫張符咒吧！讓他只愛我一個人，讓他不要看其他女人。」

她想要一張愛情符咒，那是在各種符咒中穩占銷量第一位的符咒，因此我也寫過數十次。但是要直接寫給認識的朋友，那是另外一回事了。

「乾脆請『巫女姐姐』幫妳寫一張吧？我又不是專家。」
我搬出「巫女姐姐」的名字，想委婉地拒絕珠熙，但她的視線仍然停留在我身上。
「我想要妳幫我寫，因為高中時也有類似的狀況。」
「高中的時候？」
「妳當作玩笑幫大家寫合格符咒，結果只有拿到符咒的人考上大學，不是嗎？那時候真的很神奇。」
「那只是偶然啦！我自己推甄反而都落榜，差點要重考。」
「我想要認識的人幫我寫。妳會幫我寫吧？」
珠熙的態度比上高中當時還要真誠，我不禁有種壓迫感。她緊握著我的雙手熱得快要冒汗，看著我的眼神也非常明亮。我最後只好先點頭答應，結束當下的話題。

◊ ◊ ◊

「妳交了一個很好的朋友。」
一回到辦公室，「巫女姐姐」就這樣跟我說。看來珠熙的反應讓她很高興。
一想到珠熙，我就陷入苦惱，因為她跟我說的狀況讓人很不安。我猶豫了一會兒後，把珠熙的事情說給「巫女姐姐」聽。包括她在劇團工作後跟李政君交往，而李政君最近性格大變，所以她拜託我幫忙寫符咒等所有的事。原本靜靜聽著的「巫女姐姐」，眼神逐漸變得銳利。

「很奇怪，性格竟然改變那麼多。」

「難道他被惡鬼附身了嗎？」

「有那個可能。」

我的腦袋裡亂成一團。雖然李政君的個性變親切可能只是偶然，但假如他真的是被惡鬼附身……顯然現在身為他女友的珠熙會變得很危險。

「妳就答應幫她寫符咒。」

我正在煩惱的時候，「巫女姐姐」拋出一句意料之外的話。

「寫符咒？」

「嗯，但妳不要寫給她。」

「蛤？」

這前後的脈絡我實在搞不太懂。當我不曉得該如何反應而保持沉默，「巫女姐姐」補充說道：

「妳隨便找個藉口敷衍她，先拖著不要幫她寫，比如跟她說如果想讓符咒的效果發揮到最大，必須先觀察使用對象之類的，然後拜託她讓妳跟那個男人見面。」

「跟他見面？」

「不對，妳還是進去李政君的劇團工作好了，這樣可以一邊工作、一邊觀察他。」

「巫女姐姐」就好像想到一個非常好的點子一樣，開心地哼唱起「這樣正好，剛剛好」。我對舞台劇完全不了解，現在卻突然要我加入劇團？我不禁愣住了。

「要做到那種程度嗎？不能在外面監視，然後驅魔……」

「妳打算觀察到什麼時候？什麼時候才要驅魔？等妳的朋友陷入險境之後嗎？」

聽她那麼說，我的腦袋裡生動地刻畫出李政君把珠熙的心臟掏出來吃掉的樣子。我必須阻止那樣的事情發生。

「……妳會盡力幫忙，不讓我遇到危險吧？」

「當然。」

「巫女姐姐」一如往常那般充滿自信地答道。看她那樣，我才稍微安心下來。我打電話聯絡珠熙，跟她說我會寫符咒給她，同時也想做看看劇團的工作。

「我們總是很缺人，當然很歡迎啊！」

沒辦法，我必須守護珠熙。

◊ ◊ ◊

我進入劇團工作一週後，總算明白為什麼珠熙會歡迎完全沒有劇團知識和經驗的我來工作。他們真的人手嚴重不足。雖然這是小劇團，但我沒想到負責劇場設計的人，竟然只有珠熙一個。我是為了監視李政君才進來的，在這裡卻完全不見他的蹤影，每天還得跟珠熙一起用電鋸鋸木材、用電鑽鎖螺絲來搭建舞台布景。

經過一週的辛苦工作後，布景終於製作完成，但我今天還是無法回家，因為我們必須粉刷布景，開始作畫的工程。沒有人的劇場後院裡，堆放了好幾塊要鋪在舞台地板上的底版。我先用長柄的捲筒刷上紅棕色，等顏料乾了之後，再用水彩筆細膩地畫出木頭的紋路。

「地板感覺做得差不多了。」

我全心投入在工作中，聽到珠熙的話後才直起身來。一眼望過去，紅棕色的底板鋪滿了整個後院。

「做了挺多的，我原本還在想不曉得要粉刷到什麼時候。」

「這都是因為有妳幫忙。我一個人沒辦法做這麼快。」

珠熙笑著說。我出神地看著露出笑容的珠熙，問了她這段日子以來心裡一直很好奇的問題。

「我真的很好奇，這些事妳之前一個人是怎麼做的？」

「想盡辦法囉！我們是小劇團，很難招入新的正式成員。」

「看來就算是有李政君這樣有名的演員，經營起來還是很困難啊！」

「因為政君不是所有舞台劇都有參演，而且劇團一直到最近才開始有一些投資，之前都是政君自費經營的。」

「自費？」

「這裡純粹是靠政君對舞台劇的熱愛成立的地方。雖然他現在作為電視劇演員的名氣更大，但他畢竟一開始是舞台劇演員，對舞台的熱愛和努力都是真心的。我也是看他這樣，即使很辛苦，也還是挺了過來。」

這讓我對李政君刮目相看。之前我一直覺得他是因為帥氣的外貌，才輕鬆地靠浪漫愛情喜劇獲得成功，過上一帆風順的生活，完全不曉得他對自己的職業充滿了熱忱，甚至還自掏腰包經營劇團。

這時，珠熙的手機鈴聲突然響起。珠熙說打電話來的是導演，然後一邊說、一邊往劇場內走去。

我稍微伸展了一下僵硬的身體，一眼掃過目前為止完成的工作：散落在地上的底板和豎立在一旁的高台，還有樓梯。我聽珠熙說，這次的舞台劇是把吸血鬼德古拉改編成現代背景的創作劇。主角在古宅內的場景就是舞台上唯一的背景，所以我們鋪了暗色系的木地板，再在後方裝一個高台來呈現出二樓的造型，而且預計在高台兩側用樓梯做連接。為了凸顯風格，我們還會在高台和樓梯上安裝哥德式欄杆，高台後方的中央則會畫一個大窗戶，並且在上面裝上紅色窗簾。

我閉上眼睛，在腦中描繪舞台布景完成的樣貌。雖然是為了蒐集惡鬼的情報才潛入這裡，幫忙做些雜事，但不知不覺中，我已經對這個舞台充滿了期待。

「哇！」

「嚇死！」

突然在我耳邊響起的聲音差點把我嚇破膽。回頭一看，站在那裡的正是我日夜盼著能見上一面的人。

「嚇到妳了嗎？妳是夏容吧？」

他就是珠熙的男朋友，同時也是我的監視對象李政君。我不發一語，用一手護著刺痛的耳朵，直勾勾地盯著李政君看。

「珠熙去哪裡了？」

「導演打電話過來，她去講電話了……」

「原來是這樣。妳先喝點這個吧！」

李政君從手裡提著的飲料杯架上取出一杯飲料，遞過來給我。我愣愣地接過飲料時，李政君一屁股坐在布景樓梯上，看著我拍了拍身旁的空位。我猶豫了一會兒後，在他旁邊坐了下來。

李政君從杯架上取下另一杯飲料喝了起來。我偷偷觀察他的側臉：薄薄的雙眼皮下有一雙深邃的大眼睛，高挺的鼻樑和厚厚的嘴唇。他的外貌的確相當突出，如果說他是來自另一個世界的人，大概都會有人相信。

「聽說妳是珠熙的高中同學？」

李政君突然轉頭看向我這邊，我趕緊收回望向他的視線，對他的問題給予正面的回覆。

「夏容妳來這裡之前是做什麼工作的？」

我陷入短暫的沉思。雖然我已經跟珠熙再三強調，絕對不要把我的個人資訊說出去，尤其是我跟「巫女姐姐」認識的這件事，但無法確定珠熙是否有幫我保守祕密。我只能謹慎地回答，以免說錯話。

「我在公司做設計的工作，沒什麼特別的。」

「那妳怎麼會來做劇場的工作？放棄原本穩定的職場生活。」

「因為我喜歡舞台劇。」

「真的嗎？」

「當然是真的。」

李政君歪頭直勾勾地盯著我看。我覺得壓力很大，於是避開他的視線繼續答道：

「……看來你的好奇心比較旺盛。」

「只有對妳才這樣，我很喜歡妳。」

意料之外的直球發言，害我差點弄掉拿在手中的飲料。好不容易鎮定下來後，我才想到要怎麼回應：

「……你是指作為一個員工讓你很喜歡吧？」

「也有那層意思。」

李政君這麼說之後，看著我露出燦爛的笑容。我的手臂起了雞皮疙瘩。我沒想到他會對見面不到十分鐘的女友的朋友放電，終於能理解珠熙為什麼那麼執著想拿到愛情符咒了。

「工作還順利嗎？」

「還順利。我們剛剛一直在粉刷地板。」

我很開心終於換了一個話題，指著底板回答道。但李政君看見成品後，露出了微妙的表情。他托著下巴，歪了歪頭，若有所思地盯著地板看。當一股莫名的不安湧上我心頭時，他開口說：

「比起那個，大理石會不會更好？」

「大理石？」

「我們是改編成現代背景嘛！木地板看起來很老舊，大理石地板既時髦又好看啊！」

「但背景是古宅耶，這樣不是整個風格都要換掉嗎？」

「是嗎？那看來得全部換掉了。該怎麼換呢？」

李政君一邊這麼說、一邊獨自沉思起來，我總覺得狀況不妙，於是趕緊問他：

「這部分你有跟導演講好嗎？」

「我跟導演姐姐很熟。我會跟她說，妳不用擔心。」

李政君豎起大拇指對我說。我有一股強烈的衝動想把那根拇指往下折，可惜不能付諸行動，只能一直盯著李政君看，什麼話都說不出來。

「妳會幫我換成大理石吧？我比較適合時髦的風格。」

他嘻嘻笑著用撒嬌的語氣提出要求。他的粉絲或許會被他的外貌和嗓音迷惑，但一想到談話的內容，我就無法輕易妥協。

「我現在該走了，我會另外跟導演姐姐說一聲。夏容加油！」

事情的發展完全由不得我，李政君丟下這句話就消失不見了。我只能怔怔注視著他離開的背影。

◊ ◊ ◊

「李政君怎麼樣？」

當天晚上，「巫女姐姐」打電話過來。我回想遇到李政君的事情，回答道：

「他的確被惡鬼附身了。」

「是嗎？」

「沒錯，他是個瘋子。」

「我也觀察過幾次，雖然有心證，問題是沒有物證。我很想知道幕後主使是誰，不過就算跟蹤他也沒得到什麼線索。」

我靜靜地聽「巫女姐姐」分析，然後問了我最想知道的問題：

「……所以我要在這裡工作到什麼時候？」

「再多待一陣子。我們需要線索。」

她說完就掛斷電話了。為什麼不管是這個人還是那個人，都只顧著講自己想講的呢？同時被兩個上司折磨讓我頭痛不已。

然而，和「巫女姐姐」的期待相反，接下來那幾天我連李政君的頭髮都沒看到。我可不想就這樣光是埋頭苦幹，沒有任何收穫就回去，於是問了正在一旁粉刷的珠熙：

「李政君會再來這裡嗎？」

「政君？他今天來了啊！」

珠熙告訴我李政君現在在劇場練習室的小房間裡睡覺。早知道就早點問了。我一邊後悔、一邊把狀況轉告「巫女姐姐」。

—在李政君的手機裡安裝這個應用程式。

「巫女姐姐」傳了訊息過來，同時還附了一個網址。我點進網址確認內容，發現那是一個提供位置追蹤及竊聽服務的應用程式。我嚇了一跳，回問她：

—為什麼要安裝這個？

—妳不是說他不常來嗎？至少要用這種方式掌握狀況吧！

雖然我抵死不從，說這是犯罪、說我不想做，但「巫女姐姐」再次警告我「妳的朋友可能會陷入險境」，因此我的內心又動搖了。

最終我還是偷偷離開劇場，走向跟練習室相連的房間。我又一次被「巫女姐姐」說服了。不過這也沒辦法。我不想因為惡鬼的關係失去朋友。

我努力不發出聲響，小心翼翼地把門打開來。李政君正在折疊床上睡覺。我躡手躡腳地走近之後，伸手在他面前晃了晃，還把手指頭放到他的鼻孔下探了探氣息。他肯定在睡覺。我拿起他放在床邊的手機，貼近他的手指，很輕易地解鎖了。

我點進應用程式商店，輸入「巫女姐姐」告訴我的那個應用程式名稱，但藍色按鈕顯示的不是「取得」，而是「打開」。我慌張地盯著那個圖示看了一下，然後才意識到這代表他的手機已經安裝這個應用程式了。已經安裝位置追蹤應用程式，怎麼會？結果我只是拍了幾張李政君通訊軟體內最新的對話內容，就把他的手機放回了原位。

這時，有腳步聲從門外傳來。好像有人要進來練習室。雖然我很希望他直接離開，不幸的是，腳步聲越來越接近。我得躲起來才行。我趕緊到處找適合躲藏的地方，不過房間實在太小了，最後只好鑽進折疊床和牆壁之間的地板，躺在地上。這張床不高，應該沒辦法完全遮住我，但也沒別的方法了。

某人打開門走了進來。「踏踏踏」的腳步聲越來越近。拜託不要看到我。「吱」的一聲，床墊傳來負重的聲音。進練習室的人似乎坐到了床上。我很想看一下到底是誰，可是身體擠在縫隙中，很難抬起頭來。後來我好不容易把手機從口袋裡掏出來，盡可能保持身體緊貼地板的姿勢，把手機緩緩高舉到臉的位置，並且調整鏡頭的角度，以便拍到折疊床上的狀況。畫面上出現李政君的身體，而且還有另一副身體跟他重疊在一起。我把角度再往上調高一些後，看見熟悉的衣服和髮型。是珠熙。她正把臉埋進李政君的頸窩。

珠熙維持那個姿勢開始聞李政君身上的味道，從脖子開始，再來是耳朵、頭髮。她聞了好一陣子後，慢慢往下移動，然後稍微把李政君的上衣往上掀起，按順序把鼻子貼近他的肚子和側腰。狹窄的房間裡只聽得到珠熙規律的呼吸聲。

她在幹嘛？在幹嘛？到底在幹嘛？我透過鏡頭的畫面同步看見朋友不可被窺見的欲望。不知不覺手心全都是汗。為了擦汗，我本來想換隻手拿手機，沒想到卻手滑了。

「啊！」

掉落的手機正中我的臉中央。我痛到眼冒金星，眼淚都擠出來了。等我再次睜開眼睛，視線正好與珠熙相對。她用一種看見不該出現在這裡的東西的眼神看著我。

◊　◊　◊

「妳在那裡幹嘛？」

她安靜地把我拉到門外後，劈頭就問。

「那妳自己又在幹嘛？」我很想這樣反問，但終究問不出口。雖然她做的行為跟變態沒什麼兩樣，但不管怎麼說，她在名義上都是李政君的女友，可以把她的行為概括解釋成一種愛的表現。但我呢？在朋友的男友躺著的折疊床旁邊，像一隻球鼠婦那樣蜷縮身體貼在地上的狀況又該如何解釋？雖然真相是為了安裝應用程式監視被惡鬼附身的李政君，但說了她也不可能會相信。我緊咬嘴唇，說不出話來，珠熙看到後嘆了一口氣。

「看來我猜得沒錯，妳喜歡政君吧？」

「不是！」

「不然妳在幹嘛？」

我再次沉默，實在想不到要拿什麼話來敷衍。

「……夏容，我真的很高興能夠再見到妳。」

珠熙壓低嗓音說。我有種不祥的預感。

「所以……妳不要接近政君。我不想失去妳，拜託了。」

◇ ◇ ◇

隔天，雖然是休假日，但我一整天心情都不太好。因為我昨天和珠熙起了爭執。我回家後打電話跟「巫女姐姐」說了當天發生的事，但她沒什麼特別的反應，只是要我去休息。

我也沒有別的對策，所以打算今天好好休息，至少讓頭腦冷靜一下。當我一邊這麼想、一邊打開電視時，「巫女姐姐」傳了訊息過來：

「今天和我一起去兜風吧！」

不久後，「巫女姐姐」說她已經到我家前面了。雖然突然其來的邀約讓人措手不及，但我還是匆忙換上衣服走出家門。「巫女姐姐」的紅色跑車真的就停在我家門口。我一頭霧水地坐上副駕駛座。

「怎麼突然要去兜風？」

「總覺得妳心情可能不好。」

她是在關心我嗎？我原本以為她只關心自己的事和惡鬼，所以她這麼做讓我稍微有點感動。我迎著風欣賞快速從車窗外掠過的風景，當路程變得比想像中遙遠，我心裡開始產生了疑惑。

「不過我們現在是要去哪裡？」

「咖啡廳。」

「什麼咖啡廳？」

「巫女姐姐」沒再回答我，只是從後座拿了一個紙袋放到我的膝蓋上。我打開紙袋一看，裡面有墨鏡、帽子還有拋棄式口罩。

「選一個喜歡的用。」

「……我們現在是要去做什麼？」

我心中偵測不安的警鈴大作。照「巫女姐姐」到目前為止的行為模式來看，一定有什麼事要發生。

「我看了妳傳給我的李政君通訊內容，發現他今天有一個重要的約會。我們最好跟過去看看。」

果然，哪門子的兜風，她根本就只是在週末把我叫出來跟蹤別人。

「……妳不是說來兜風的嗎？」

「順便啊！」

我放棄跟她對話了。要怪就怪我還沒認清「巫女姐姐」這個人，今天才會著了她的道。我默默戴上棒球帽和拋棄式口罩。

我們很快就抵達目的地的那間咖啡廳。車子停好後，我們在咖啡廳前等待，沒過多久便看到李政君走進咖啡廳裡。我們也躡手躡腳地跟進去，在離他有一段距離的位置坐下來。

「聽得見嗎？」

「聽不太清楚。」

「應該安裝竊聽應用程式才對。」

「……本來就安裝了啊，我能怎麼辦？」

「會是誰安裝的呢？」

「會不會有人在跟蹤他啊？畢竟他是有名的藝人。」

「真的一句話都聽不到耶。妳應該移除原本的程式，重新安裝一次啊！」

「不然妳自己做。」

「我很難接近李政君嘛！他也可能會認出我來。」

「……那妳為什麼穿這樣過來？」

「哪樣？」

我打量一下「巫女姐姐」的穿著。穿帶毛的皮夾克就算了，問題是她臉上那副鏡片透出朱紅色光芒的墨鏡。這身打扮根本讓人分不清楚她是來跟蹤還是來參加時裝秀，還跟戴著黑色帽子和黑色口罩的我形成強烈的對比。

「至少換一副墨鏡吧！真的太顯眼了。」

我把另一支沒用到的黑色墨鏡遞給她。「巫女姐姐」的手依然插在口袋裡，完全沒有要伸手接過去的意思，只是繼續盯著遠處看。

「我這一副已經遮得很好了吧？而且是我幾天前才買的。」

幾天前買的？一聽到這種不像話的理由，一把火就從我內心深處湧出來。

「仔細一看只有我在工作。今天跟我說要兜風，在珍貴的週末把人叫出來跟蹤，結果自己卻打扮得很招搖。妳在外面有認真蒐集李政君的情報嗎？」

「有在做啊！」

「是嗎？妳知道我有多辛苦嗎？我連週休都沒有，老是被叫去工作到清晨，又是鋸東西，又是粉刷道具。我根本是去當工人，哪裡是在調查李政君。」

「我知道了，對不起。」

「我做得那麼辛苦，昨天又像隻蟑螂一樣躲起來，還被朋友發現，甚至被警告不要靠近她的男友。」

「妳頭上有東西。」

「不要轉移話題，我是說……」

我無視「巫女姐姐」的話，打算繼續說下去，結果她拿出她的手機，黑色的待機畫面上映照出我的臉。我的頭上停了一隻手掌大的蛾。

「啊！有蛾！」

我從座位上站起來，拚命抖動身體。蛾拍動翅膀，從我的臉旁邊飛過去。我抱住頭蹲坐在地上。一連串的騷動讓咖啡廳內瞬間安靜下來。不久後，我的頭頂似乎有片陰影落下，我有股不祥的預感。抬頭一看，李政君正用驚訝的表情盯著我看。

「夏容？妳怎麼會在這裡？」

「那個……」

「妳該不會是跟著我來的吧？和妳的朋友一起跟過來？」

被發現了。面對預料之外的狀況，「巫女姐姐」也慌張地愣住了。

「夏容，我沒想到……」

「我可以解釋。是這樣的……」

「原來妳是我的粉絲啊！」

「蛤？」

李政君露出意味深長的微笑，一臉「我都懂」的樣子。

「難怪妳在劇場裡看我的眼神充滿了愛意。妳是因為我才拜託珠熙讓妳加入劇團的吧？」

「……對。」

「就算是這樣，妳也不能跟蹤我。要尊重我的私生活，知道嗎？不管是妳，還是妳的朋友。」

李政君這麼說之後，又像在做粉絲服務那樣，摸了摸「巫女姐姐」的頭，還捏了捏她的臉頰。我透過沒有完全擋住視線的朱紅色鏡片看到「巫女姐姐」管理不了表情，臉色越來越僵。看到她那副模樣，即使身處險境，我心裡還是湧現了一絲愉悅。早跟妳說了，要換一副墨鏡。

「政君，有什麼事嗎？」

剛剛和李政君待在一起的中年女性朝我們這邊走了過來。

「我遇見認識的人。這是在我們劇團工作的金夏容小姐。這位是贊助我們劇團的老闆。」

中年女性露出親切的微笑跟我們打招呼。這下可以知道我們今天的跟蹤不會有任何收穫了。

◊　◊　◊

幾天後，珠熙叫我去劇團，所以我一大早就趕緊過去。按照原本的計畫，今天下午要開始將道具安置在舞台上。但珠熙告訴我臨時有東西要修改，需要重新粉刷。

「妳是說要把地板的顏色漆回原本的樣子？」

「嗯，我收到的指示是這樣。」

我們早就按照李政君的吩咐，把地板粉刷成不適合這個布景的白色了，現在又要我們重新漆回木頭色？我無法理解這個突然冒出來的要求。

「理由是什麼？」

「他說這個好像比較好。」

「……妳都無所謂嗎？」

「政君要我做，我也只好做，畢竟他比我更了解舞台劇。」

珠熙將滾筒沾上油漆，默默開始工作。看著白色的地板重新變回紅棕色，我也拿起了滾筒。身為當事人的珠熙都不在意了，我一個外人也無法干涉。

我們做得正投入時，其他工作人員過來把珠熙叫進劇場內。我獨自一個人留在後院，專注地繼續做剩下來的粉刷工作。

「工作還順利嗎？」

耳邊突然感受到的氣息和聲音把我嚇到打個冷顫。回頭一看，李政君正笑咪咪看著我。我一時語塞，板著臉盯著他，他才靠過來對我說：

「我看妳好像很累。」

「很累，因為突然全都要重弄。」

「果然還是暗色系比較好，對吧？」

「為什麼要突然改？你之前不是說大理石比較好嗎？」

「我以為是那樣，但實際站在舞台上後，發現白色不襯我的膚色。果然我還是跟暗色系最搭。」

「……你這次不是沒有出演嗎？」

「就算是這樣，我還是要拍紀念照上傳社群媒體啊！」

接連聽到太多荒唐的話，讓我覺得全身無力，鬆開了原本握在手中的滾筒握把。李政君費力躲開朝他那邊滾過去的油漆滾筒，然後用一副「妳怎麼不認真做」的表情趾高氣揚地看著我。我還在恍神中，所以對他的動作什麼反應都做不出來。

「那天妳有安全回到家嗎？」

「那天？」

「就是妳跟在我後面的那天啊！」

李政君這麼一說，再次喚醒了我很想忘掉的記憶。我刻意看向遠處，裝出若無其事的樣子。

「妳如果想跟我變熟，直接講就好了。是因為朋友的關係才那樣嗎？」

「朋友？」

「當時不是有個朋友跟妳一起嗎？」

幸好李政君沒有認出「巫女姐姐」，只覺得她是我認識的私生飯朋友。雖然這是好事，但若是這樣，不如讓「巫女姐姐」直接潛入劇團就好了。我正這麼想時，李政君突然問了個問題：

「妳可以給我那個朋友的聯絡方式嗎？」

「什麼？為什麼？」

「她是我喜歡的類型，個子很高，形象也很不錯。」

她執意要戴新買的太陽眼鏡，結果在跟蹤的時候搶盡了風頭。這個發展實在太荒唐了，我頓時說不出話來。

「你不是有女朋友嗎？」

「不是異性那種喜歡，而是覺得她很適合演舞台劇。」

「你剛剛不是說是你喜歡的類型嗎？」

「當然是對於一個劇團經營者而言的喜歡啊！總之，妳不能給我她的聯絡方式嗎？」

「她對演戲沒興趣。」

「誰知道呢?說不定我能引誘成功。」

即使我一直委婉地拒絕,李政君還是堅持不放棄。十分鐘內,我彷彿被鳥啄一樣被鬧個不停,實在沒力氣再接話了。雖然我不能給他「巫女姐姐」的聯絡方式,但我最後答應轉達他的電話號碼,並且安排他們倆見面,才終於把李政君送走。

李政君離開後,還剩下一堆工作要做。珠熙不曉得去哪裡了,到現在還沒回來。我再次拿起油漆刷,本來打算開始上漆,結果一手把刷子浸到旁邊的紅色油漆裡。後來我在地上寫了李政君的名字,還在一旁畫了一個中指的圖像。哪怕只是這樣,我也想洩憤。我罵了李政君好一會兒,又在地板上畫了各式各樣的塗鴉,接著心想要趕快結束工作,才全部用紅棕色蓋過去。在我粉刷的油漆下,在這次舞台劇演出的整個過程中,舞台地板上都會留著我對李政君的辱罵,雖然除了我之外,沒有任何人會知道。

幫地板上完色,終於連舞台布景的架設都搞定後,時間已經很晚了。我一下班就打電話給「巫女姐姐」,跟她說了李政君那個可笑的要求:他想跟要對自己驅魔的人見面。然而,「巫女姐姐」的回答實在太奇怪了。

「李政君?他現在就在我面前。」

「你們已經見到了?」

「嗯，妳也過來。這裡是……」

「巫女姐姐」報地址給我，地點就在劇場附近。我越往那一帶靠近，人煙就變得越稀少。抵達後一看，我發現那是一棟陰森森的單層廢棄建築。「巫女姐姐」和李政君在這裡？我滿腹狐疑地轉動入口的握把，發現沒上鎖，於是直接走了進去。

這裡的電力似乎還沒被切斷，屋子裡另一頭有燈亮著。我屏氣凝神朝那裡靠近，結果看見一個男人頭上套著黑色塑膠袋，被綁在椅子上，站在一旁手持棒球棍的就是「巫女姐姐」。即使親眼目睹還是覺得難以置信，當我驚嚇到嘴巴都合不上時，「巫女姐姐」豎起手指做了個噤聲的手勢，然後朝我這邊走來。

我猛地抓住「巫女姐姐」的手臂，一路把她拉到建築物外面。

「這是在做什麼？」

「妳不是要我認真蒐集李政君的情報嗎？光是跟蹤查不出什麼來，所以就綁架他啦！」

「巫女姐姐」聳聳肩，若無其事地答道。她表現得太不把這當一回事，害我的思考似乎也跟著停止運轉。

「綁架他後要幹嘛？」

「我要拷問他。」

「拷問?!」

沒想到最後還是走到這個地步。我眼前一片漆黑。

「妳瘋了嗎？這是犯罪！」

「是犯罪沒錯，如果對象是人的話。但他是惡鬼，所以這不是犯罪。」

在我不曉得該用什麼話回應這個超出世上法則的邏輯時，「巫女姐姐」再次打開門走了進去。我抱持觀望的態度，打算先跟進去看她要做什麼。我一進到建築物內，「巫女姐姐」就立刻把門鎖上。

「巫女姐姐」重新走到綑綁李政君的位置，往地板一坐，拿起放在一旁的筆記型電腦開始打字：「你——是——惡鬼吧？」沒過多久，一陣無法辨別高低的詭異聲音在昏暗的空間裡響起。那是把文字轉換成聲音的軟體。

「你到底在說什麼？」

李政君大聲嚷嚷。「巫女姐姐」拿起放在地上的樹枝，開始敲打他套著塑膠袋的頭。

「啊！」

李政君發出短暫的慘叫聲。我正想說那個樹枝看起來很眼熟，原來就是我幫韓經理按摩時用的桃木樹枝。

「安——靜，不然——就打你——更——多下。」

冰冷的機械音響起，李政君聽到後靜了下來。「巫女姐姐」接著繼續打字：

「是誰——指使的？」

他沒有回答。「巫女姐姐」再次用樹枝打李政君的頭。我又聽到他的慘叫聲。

「是誰——指使的？」

「我不能說！」

「巫女姐姐」點點頭，然後輸入一個新的句子。

「目標——是誰？」

他果然不會輕易回答。沉默的時間一變長，「巫女姐姐」便用手勢暗示我親自試試看。我？就算被惡鬼附身，他的外殼還是人啊！總之我先接過筆記型電腦，然後思考了一下。

「是——周遭的——人嗎？」

這是我一直很在意的問題，因為李政君被惡鬼附身後就開始跟珠熙交往。然而，他沒有反應。

「是演員嗎？」

「是導演嗎？」

就算換了問題，他也絲毫沒有動搖。我開始覺得不耐煩，於是從地上拿起一個碗。

碗裡面裝滿了紅豆。我挖了一湯匙，把套住李政君頭部的塑膠袋稍微往上掀，將紅豆塞進他的嘴裡。李政君嘗到紅豆的味道後，激動地用力搖頭，把嘴裡的紅豆全部都吐了出來。

「我討厭紅豆！」

我再次挖了一湯匙，塞到李政君嘴巴深處。看到他那副彷彿吃到全世界最難吃的食物而痛苦不已的模樣，我想起今天見過的那張倒胃口的臉孔。他頂著一張愚蠢的臉，用「地板和膚色不搭」的荒謬理由，重複要求我做已經完成的工作。

我毫不猶豫地挖了更大一匙紅豆塞進李政君的嘴裡，這次的量比他吐出來的還要多一倍。他滿嘴都是紅豆，所以沒辦法清楚地說話，只能聽到「嗚嗚」的聲響。我毫不以為意地又塞了一湯匙進去。這樣重複幾次之後，碗被挖空了，預備的紅豆全都用光了。我覺得很可惜，於是伸手去拿地上的桃木樹枝，結果「巫女姐姐」抓住我的手臂。一臉「有必要做到那樣嗎」的表情。我這才意識到自己正在做什麼。

那時，突然傳來「匡噹」一聲，大門被打了開來。珠熙站在門口瞪大眼睛、表情僵硬地看著我們。

「妳……！」

偏偏被她看到這種景象。不過，比起這個，更重要的是：她到底怎麼找到這裡來的？我先把各種冒出來的念頭拋到腦後，跑過去一把抓住珠熙，然後把她拖到建築物外，以免李政君聽到我們的對話。

「珠熙，妳聽我解釋。」

「解釋什麼？那個人是政君對吧？」

珠熙用凶狠的眼神看著我說。

「是他沒錯。」

「妳和『巫女姐姐』，到底在幹嘛？」

「我們……」

「我知道了，妳在跟蹤政君，對吧？一定是這樣，所以妳才刻意接近他，才會那樣對我。所以，所以……」

珠熙低下頭喃喃自語。我們中間彷彿隔了一堵牆，我說什麼她都聽不到。

「妳聽我說！」

我大叫一聲後，用雙手抓住珠熙的肩膀，讓她的視線固定在我的身上。珠熙這才停下來，看向我。

「李政君可能被惡鬼附身了。」

「什麼？」

沒別的辦法了。珠熙困在自己的想像中，絲毫不相信我說的話。乾脆採取正面攻擊吧。我深呼吸了一口氣，接著繼續說：

「妳不是經常看『巫女姐姐』的頻道嗎？影片中有提到，人如果被惡鬼附身，就會做出平常不做的舉動，最後會吃掉其他人。」

「是有看過……」

「看看李政君。他一個月前突然變得截然不同，不覺得很奇怪嗎？」

珠熙的眼神有些動搖，我必須讓她相信。

「妳不是最清楚嗎？現在的李政君和以前的不一樣。」

這句話中帶了刺，珠熙聽了卻毫無反應。她只是一臉呆滯地靠著牆，癱坐在地上。我也小心翼翼地在她身旁蹲了下來。大概過了五分鐘吧，珠熙終於開了口。

「我當然有發現。」

她的神情表露出難以言喻的空虛。

「雖然他個性很差、為人挑剔，但是對舞台劇特別重視，現在他卻不在乎舞台劇最後會變得怎麼樣，反而在破壞舞台。我一路看了他十年，怎麼可能會覺得他們是同一個人。」

珠熙低聲說道。連初次見到李政君的我都覺得奇怪了，身為老粉的珠熙怎麼可能沒察覺，只不過這種事本來就很難相信，所以她才沒辦法接受罷了。幸好，我們終於能正常溝通了。

「沒關係，只要驅魔就好了。這樣就能恢復原狀。」

「驅魔？」

雖然珠熙原本放鬆下來的眼神似乎又再次變得犀利，但我只當那是自己的錯覺，繼續跟她解釋。

「沒錯，惡鬼可能會攻擊人，要趕快除掉才行。」

「不行，不要驅魔。」

「不要驅魔？」

珠熙的反應出乎我的預料。我懷疑她是在開玩笑，但她看起來比任何時候都認真。

「驅魔後他就會變回原本的樣子，對吧？還會失去記憶，沒錯吧？」

「沒錯。」

「那樣我們之間的關係不就化為泡影了嗎？我好不容易才跟他交往，現在卻要他回到不認識我的狀態。這太不像話了。」

「他可能會殺了妳耶！他不是人，是惡鬼。」

「他不會殺我，我很清楚。政君現在這樣也很好，妳們絕對不要驅魔。」

雖然我想盡辦法要說服她，但她的態度非常堅定，最終只好跟她約定不會驅魔。因為她威脅我如果不這麼做，就會把我和「巫女姐姐」交給警察。她把我答應不會驅魔的話錄成音檔後，才安心下來露出放鬆的表情，並且表示會保守祕密，不把今天的事情洩漏出去。

「我會跟政君說這是跟蹤狂做的，我發現之後就把跟蹤狂趕走了。妳們離開吧！」

雖然我們這次又徒勞無功，但也只能先離開現場。今天的行動徹底失敗了。

「對了，夏容。」

我正準備轉身離開時，珠熙開口叫住我。

「妳可以直接寫符咒給我嗎？」

我答應她後轉過頭去，邊走邊思考。如果被惡鬼附身的是珠熙就好了。這樣她比較不會受傷。

◊　◊　◊

兩天後，我們準備驅魔。即使「拷問」了李政君，還是沒得到明確的線索，而珠熙既然已經知道了事實，事情就很可能傳到李政君耳裡，所以「巫女姐姐」決定要驅魔。

我們另外聯繫李政君約他見面。我一說要讓他跟他感興趣的那個朋友見面，他就爽快答應了。託他的福，事前準備相當順利。「巫女姐姐」和我在劇場附近找了一個人煙稀少的公園，然後在遊樂設施和圍欄的每個角落都貼上符咒。我們打算在附近的餐廳吃飯，再移動到這個地方來。計畫是我先跟他在公園聊天，等我離開後，躲起來的「巫女姐姐」就跳出來驅魔。

然而，約定時間已經過了，卻還是聯絡不上李政君。我們在戶外等了超過一個小時後，只收到了一則訊息：「劇場出了些狀況，我沒辦法出門。」現在已經遠遠超過原本計畫好的時間了。再拖下去，不曉得會有什麼突發狀況。

於是我們只好前往劇場。我們小心翼翼地打開門後，輕輕挪動腳步。假日的大廳果然很冷清。我們到練習室去找人，但那裡一個人都沒有。擺放折疊床的休息室和燈光室也都空無一人。最後我們走到了表演廳。

打開室內的燈光後，我們發現這裡也沒有人影。因為猜想李政君可能躲了起來，於是我們一邊四處尋找、一邊穿越觀眾席，往表演廳深處走去。復古的老宅已經固定在舞台上了。難道他躲在後台的等候室嗎？我小心地爬上舞台，走在「巫女姐姐」的前面，這時後面突然傳來「咣」的一聲。

是李政君。他從天花板上掉了下來，而且還對準了「巫女姐姐」所在的位置。「巫女姐姐」雖然驚險地避開了，但還是沒抓穩重心，倒在地板上翻滾。李政君沒有放過那一瞬間的機會，立刻騎到「巫女姐姐」的身上，掐住她的脖子。

他的眼睛發紅，臉上的微血管突起，逐漸轉成黑色。惡鬼的原形顯現出來了。「巫女姐姐」為了擺脫那雙力氣變得更大的手而努力掙扎。

在惡鬼的原形完全顯露出來的瞬間，李政君的動作停頓了一下。「巫女姐姐」趁機用腳踹向李政君的肚子，從他身下逃出來。「巫女姐姐」和他分開後，正在一旁喘氣，這時李政君一邊放聲尖叫，一邊扭動四肢，就像放在烤盤上的魷魚。

「好痛！太痛了！」

昨天晚上，我去珠熙家找她，把她一直很想要的符咒拿給她。我跟她說，符咒越貼近身體，效果就越好，並且吩咐她盡可能多放幾張在李政君的衣服或錢包裡之類的地方，然後給了她偽裝成愛情符咒的惡鬼退散符。珠熙就算是把符咒縫在李政君的內褲裡都不奇怪，所以符咒的效果相當顯著。

趁著李政君使不上力的時候，「巫女姐姐」開始準備驅魔。她用熟悉的姿勢跨坐在李政君身上，再把符咒塞到他嘴巴深處，最後用手捏緊他的嘴巴，讓他張不開嘴。結果他痛苦的呻吟聲立刻傳遍整個劇場。快成功了。我站在遠處等待驅魔結束。這時，劇場的門打開了，有人氣勢洶洶地跑了過來。是珠熙。

「妳在幹嘛！」

珠熙飛奔過來，直接撞上「巫女姐姐」。「巫女姐姐」沒能事先防範突如其來的衝擊，直接被撞倒在一旁。

「沒事吧？天啊！你的臉怎麼變成這樣？」

「妳怎麼會來這裡……」

珠熙無視我的話，用悲痛的表情將李政君抱入懷中，撫摸他的臉。我們明明一再叮囑李政君，叫他別讓珠熙跟過來。連續兩次她都神奇地找到男朋友在哪裡，這實在讓人難以置信。

「政君去了哪裡我怎麼可能不知道。」

這時我才明白，位置追蹤和竊聽的應用程式原來是珠熙安裝的。我的高中同學比我預想的還不正常。

「把她趕走！」

「巫女姐姐」大喊了一聲，我這才回神過來，設法抓住珠熙的手臂，想把她跟李政君分開。但是珠熙緊緊貼在李政君身上，一動都不動，還把放在李政君衣服裡的符咒拿出來一一撕碎。

「政君，對不起，我不知道你會這麼痛苦。」

珠熙銷毀最後一張符咒後，李政君也平靜了下來。這時，「巫女姐姐」坐起身來抓住珠熙，一邊跟她拉扯，一邊把她往外拖走。她們倆在觀眾席扭打成一團時，李政君已經恢復了力氣，站穩身體看向我，直勾勾地盯著我看。一對到他發紅的瞳孔和視線，我的腦中便警鈴大作。我一邊觀察他動靜，一邊悄悄移動身體。那一瞬間，李政君朝我跑了過來。

要趕快逃走。我想盡可能跑遠一點，於是跳上其中一邊連接到舞台後側高台的樓梯，跑上古宅的二樓。李政君像野狗般快速地跟在後面。我快步從另一邊的樓梯跑下來，但李政君馬上又緊追在後，於是我又繞過舞台，從原本那個樓梯再跑上高台，然後又重新往下跑。

又不是在玩捉迷藏！我們隔著一座高台，繞圈繞了好久。「巫女姐姐」到底在幹嘛？我一邊跑、一邊環顧表演廳，發現「巫女姐姐」正在把珠熙往門外面趕。我氣喘如牛。跟李政君的距離也變得越來越近。再這樣下去可不行。

當李政君跟在我身後跑上高台時，我用盡全力把旁邊窗戶的紅色窗簾硬扯下來。窗簾「唰」的一聲，被撕開來往下覆蓋住高台。李政君的視野突然被遮住，一時沒站穩而撲到欄杆上，然後往下墜落。趁現在！我跑到一樓，用鋪在地板上的地毯和包裹住他身體的窗簾一起往外拖。

結果李政君的身體猶如被閃電擊中般變得全身僵直。舞台的地板上鮮明地顯現出又大又紅的漢字。沒多久，李政君尖銳的慘叫聲響徹了整個劇場。那個位置就是我粉刷油漆時寫髒話罵李政君的地方。我帶著強烈想驅魔的心情，熟練地將平常寫符咒的筆畫隨意地畫到了地板上，雖然當時我完全沒想到會像這樣派上用場。

「巫女姐姐」把珠熙趕出去後鎖上門，飛快跑回來驅魔。不到一分鐘，李政君就從嘴裡吐出珠子，失去意識、癱軟在地上。

終於結束了。這時，珠熙從舞台後方跑出來。看來她應該是繞過表演廳，從化妝室進來的。珠熙把李政君的上半身扶起來、抱在懷裡。

「他死了嗎……？」

「他暈過去了。」

珠熙彷彿沒聽到「巫女姐姐」的回答一樣，喊著李政君的名字大聲哭了起來。她哭得非常傷心，別人看了大概會誤以為有人死了。

我們撿起珠子和散落在地上的東西後，往門外走去。直到我們關上門離開時，珠熙哀傷的哭聲依然充斥著整個表演廳。我拖著疲憊的步伐，思考著我無法得知答案的問題：珠熙真正愛的究竟是李政君，還是惡鬼？

【番外】妹妹・觀察紀錄

我有個姐姐。她比我大七歲，畢業於視覺設計系，目前是一名設計師。她的名字叫金夏容。雖然我們差了不少歲，但在我看來精神年齡沒有太大的差異，而且姐姐從小就把我照顧得無微不至，所以目前為止我們的關係都很親密。

我們非常要好，所以經常對話，就連無關緊要的小事也會跟彼此說，但最近出現了可疑的狀況。

大概在一年前的某個深夜，姐姐一臉疲憊地回到家後，馬上就趴倒在沙發上。我本來想說可能是公司有聚餐，但不僅完全沒在她身上聞到酒臭味，她還穿著一身輕便的運動服，而且褲子上有好幾塊泥土污漬。雖然我有一瞬間懷疑她是不是跑去運動了，但姐姐是絕對不可能喜歡那種健康行為的人。

當我正獨自猜想各種可能性時，姐姐緩緩地抬起頭，低聲說：

「夏貞，姐姐換公司了。」

這麼突然？我驚訝到說不出話來。

當然，姐姐已經是成年人，她可以獨自做決定。但是之前她換公司時，幾乎有半年時間都在跟媽媽和我抱怨，說辛苦得做不下去，很想辭職，和我們討論了很久才終於採取行動。

這一次，她卻已經做了決定，甚至還換好公司了？姐姐沒提早說出來讓我有些難過，同時也對她突然做出的決定感到好奇，於是纏著姐姐追問她換到什麼樣的公司。

不過，姐姐一直閃爍其詞，不輕易回答，只是神情複雜地喃喃自語：

「應該……不會有問題……」

她這句話感覺不是說給我聽的，更像是在給自己洗腦。我沒辦法繼續問下去，只能就此作罷。

後來發生了更多奇怪的事情。有一天，姐姐帶回來大量的柴魚片、章魚塊和做章魚燒外皮的麵粉，說是公司用剩下的，之後在家裡連續做了好幾天的章魚燒來吃。我在旁邊跟著一起吃，味道是很不錯，但到底是做什麼樣的工作，才會剩下這些食材啊？而且量還這麼多。我真的無法理解。

幾個月前，姐姐幾乎都關在房間裡不出來，於是我偷偷打開門觀察，結果看到昏暗的房間裡堆滿了符咒、蠟燭、小玩偶之類的東西，而姐姐就坐在房間的中央，一邊低聲罵人，一邊用非常機械性的動作，把那些東西裝到鐵製的盒子裡。我完全忘了自己在偷窺，還大叫出聲：「妳到底在幹嘛？」但姐姐只是用疲憊的表情告訴我這些是工作的延伸，然後把我趕出了房間。

這還沒完。

姐姐在之前的公司上班時，經常會罵她的上司，發洩精神上的痛苦，但自從她換了公司後，回到家時往往已經筋疲力盡，還時常抱怨身體的疼痛，傾訴肉體上的煎熬，並強迫我幫她按摩。本來我一直不理會她的請求，直到前幾天實在被她煩得受不了，才幫她按摩背部，結果聽到她喃喃自語：「我是為了這樣才讀設計的嗎……」

她到底是在做什麼啊？

雖然姐姐時常煩我，但基本上她對別人說不了難聽的話，很容易被牽著鼻子走。旅行時，她會被強行推銷購買奇怪的東西，個性有點單純；而且有時她說錯話，即使是別人根本不在意的內容，她也會後悔個幾天幾夜，心思非常纖細。

因此，我很擔心姐姐是不是被不良雇主困住了，被當成奴隸使喚，又或者是加入了直銷公司，從事一些非法的勞動工作。她也有可能是被騙入邪教組織，瞞著我們在奉獻她的勞動力。

我越是想像，疑惑就越大，甚至到了難以收拾的地步。這都是拜姐姐可疑的態度所賜。她最近又說工作很忙，總是很晚才回來，我連跟她對話的時間都沒有，心中的疑惑自然也沒有消除的跡象。幾天後就是連續假期了，我得趁那個時候深入挖掘才行。

我一定要搞清楚姐姐到底在做什麼工作。

平安夜成功離職符

人難免會有這樣的瞬間：突然覺得一直以來做得很好的業務都毫無意義，帶來安定的重複日常也變成一種勒住脖子的壓迫感。也就是從窄如雞籠的「現在」探出頭，望向延伸至遠處的「未來」那一瞬間。對我來說，那個瞬間或許就是現在。

今天和平日沒什麼不同。我正在製作新影片要用的封面縮圖。我把免費下載來的幽靈圖樣貼在「巫女姐姐」正在高談闊論的臉旁邊，然後用 #FFFF00 的色號寫上「我身邊可能有惡鬼？」的字樣。那是一看就相當刺眼的亮黃色。

這是每週重複的熟悉日常。跟管理留言區或撰寫社群貼文之類的業務比起來，這個工作更為重要，而且也是比較能跟「設計師」搭上邊的工作，所以反而還算是我喜歡做的事情。然而，今天我卻特別難專注，手根本沒在動，大腦也一直浮現晚上要吃的菜單。完全無心做事。我不想做。我開始逐條追究要做這個工作的理由。之前不都做得好好的嗎？到底是怎麼了？

其實我知道是為什麼，其中一個原因就是「職涯」這可怕的東西。我「之前」是ＵＸ／ＵＩ設計師，而且還擁有長達五年這不容忽視的經歷，但是我現在做的事和ＵＸ／ＵＩ毫無關聯。管理 YouTube 頻道比較接近行銷或品牌設計，而符咒……是什麼呢？宗教和巫俗的設計？雖然到處都有設計，所以不能說在這樣的領域沒有設計師，但重點是，我從未想過要成為這個領域的專家。

還有其他的原因，那就是現在製作的縮圖中提到的名為「惡鬼」的存在，那個「巫女姐姐」總是說要消滅的東西。偶爾會有人來通報說哪裡有惡鬼。每次有案件進來，我都會作為助理跟著「巫女姐姐」到處驅魔。

我重新認真思考這件事。設計師到底為什麼要做驅魔這類的工作？我明明只是個平凡的上班族，到底是從什麼時候開始寫符咒、抓惡鬼的？幾天前，我小心翼翼地對「巫女姐姐」提出這個疑問，結果「巫女姐姐」用一句話就否決了我的質疑。

「妳進來工作時不是簽了契約嗎？」

我一回到家就開始到處翻找，費了一番力氣才好不容易找到被亂塞在角落的勞動契約書，仔細地讀了起來，然後在最後一頁發現以下的內容：

1）「乙方」必須執行由「甲方」指定的與「甲方」事業相關的業務。

2）「乙方」的業務包含與「甲方」事業相關的設計，以及整個 YouTube 頻道管理，還有各種驅魔及其他內容。

我只有聽過各種小菜，各種驅魔倒是頭一次聽到……不熟悉的詞彙雖然讓我有些無言，但還是得承認「巫女姐姐」說的沒錯。契約書上的確有寫，錯就錯在我自己沒有確認清楚，之後只能二話不說地跟在「巫女姐姐」身後。

不過，惡鬼，還有抓惡鬼這件事……真的很可怕。雖然近身搏鬥是由「巫女姐姐」全權負責，但我還是少不了要在旁邊承擔風險。「巫女姐姐」力氣很大，格鬥技術也很卓越，而我只是一個普通的白領階級。我的運動量僅限於通勤時上、下班步行的路程和呼吸而已。我身上一點肌肉都找不到，為了趕即將出發的地鐵而狂奔幾分鐘都要喘上很久，是個體力很差的人，說不定哪天就會被惡鬼擊中或是咬傷。雖然抓到惡鬼後的額外獎金讓我堅持到現在，但應該還是要珍惜生命才對，不是嗎？

我的想法變得越來越多，大腦已經過熱，於是拿起手機打算休息一下。一則新郵件通知顯示求職網站寄了信過來。我滿心期待地想著「該不會是……」，然後點開了郵件。

Rebecca：您好，我是萊比公司的代表麗貝卡。看到金夏容小姐的履歷後，我們認為您正是我們公司需要的人才，於是來信聯絡您。請問您有意願來我們公司擔任設計師嗎？

如果說有能動搖我的最佳時機，那肯定就是現在。

我跟麗貝卡用訊息聊過後，掌握到的內容大致如下：萊比公司是幫顧客代辦各種事務的新創公司，目前的職員只有代表一個，而且想雇用的人力也只有我這個設計師。這不僅和我現在跟「巫女姐姐」一起工作的型態沒有太大的差異，通勤時間甚至要多花上三十分鐘。這樣就沒必要換工作。我正一字一句地撰寫婉拒信的內容，結果對方又傳來一則新訊息。

◇　◇　◇

Rebecca：另外有一點提供您參考，我們目前長期推行居家辦公，所以您可以不用來辦公室上班。

居家辦公。不用痛苦地在上、下班時間搭乘大眾交通工具，也不用和討厭的人面對面工作，就可以賺到錢的新概念辦公方式。我很討厭跟人打交道，因此一直以來都很渴望用這種方式工作，但之前待的公司都沒施行過，所以我也沒有機會嘗試。現在，她竟然說是長期居家辦公。這麼一來，不管是在家裡、在濟州島，還是在峇厘島的海邊，我都能工作了。

Rebecca：對了，最重要的事還沒有告訴您。年薪大概是這個數字。

她又傳了一則新的訊息。方框裡面的數字有四個。[4]我一看到那數字，心跳就加快起來。這比目前在「巫女姐姐」底下工作領的薪資還要多很多。我甚至懷疑她前面的數字是不是寫錯了。

我驚訝到久久沒有回訊。麗貝卡或許以為自己被拒絕了，所以又連續傳了幾則訊息過來。

Rebecca：這麼說可能有點失禮，但我認為夏容小姐目前就職的公司並沒有最大程度地將您的才能發揮出來。

Rebecca：我有信心讓夏容小姐好好發揮專長。

Rebecca：請您離開那個不了解您，而且不穩定又非常危險的地方吧！

4 在韓國，四位數字常用於描述年薪，是一種簡略表達方法，代表千萬韓元級別的薪資，是務實但可接受的收入期待，特別是針對新興初創公司或小型企業而言。

我沒有把在「巫女姐姐」頻道工作的經歷寫進履歷裡，所以她應該是看我之前的公司的職涯發展才這麼說。不過，不管是她說的內容，還是她聯絡我的時機都太剛好了。多虧了她，我原本只是被強風吹襲而動搖的內心，現在彷彿迎面遭遇颱風一樣激動不已。

我先回覆她要再考慮看看，然後打開 Photoshop 繼續工作。但我的心情太過激動，實在沒辦法專心，畫面依舊是一片空白。我該怎麼做呢？

「妳在想什麼，我叫了都沒有回應。」

「巫女姐姐」突然出現在我面前，讓我嚇得全身顫抖一下。我像做壞事被發現的小孩子一樣，臉上泛起紅暈，身體僵在原地，完全不敢看「巫女姐姐」。

「為……為什麼叫我？」

「明天不用來上班了。我也有事，不會過來。」

驚嚇的內心平靜下來後，後面聽到的話實在太美妙了。我飛快看一眼月曆，發現明天竟然是十二月二十四日週五，也就是平安夜。這是我入職以後從「巫女姐姐」那邊聽到最棒的話。在心裡大聲歡呼後，我滿臉堆笑跟她說路上小心，然後拖了一整天的縮圖也在三十分鐘內做完了。這樣明天才能放心地休息。我要在家裡幸福地度過平安夜。

◇　◇　◇

我晚起了，然後在房間裡折騰了半天，最後才為了上廁所而走出房間，結果看到妹妹夏貞盯著我看，一臉不可置信的樣子。

「妳沒去上班？」

「今天休息。學校呢？」

「已經去過啦！」

我去了趟廁所後，回來躺在夏貞坐的沙發旁。電視正在播沒看過的電視劇，但不管是妹妹還是我都沒在看電視，而是在滑各自的手機。

「姐姐，妳今天晚上要幹嘛？」

「什麼事都不做。」

「那妳跟我出去玩吧！」

我覺得麻煩，所以立刻拒絕了，但夏貞沒有放棄。

「我不想要一直待在家裡。」

「妳跟朋友去吧！找朋友一起。」

「我沒有朋友。」

她甚至抓著我的腿開始無理取鬧。我用腳推了幾次，她還是緊緊黏著不放，最後我只好答應跟她一起出門。她一邊說自己沒朋友、一邊苦苦哀求的模樣看起來很可憐，而且今天沒去公司，我也還有體力。「妳要知道這都是託『巫女姐姐』的福。」看著夏貞興奮的背影，我喃喃自語道。

◊ ◊ ◊

街上的人潮和預期的一樣多。今天是平安夜，這是理所當然的狀況，但感覺比想像中還好一些。久違的商圈充滿了活力。傳遍街頭的聖誕歌曲讓人心情雀躍，路上的裝飾也很清新。我們在聖誕樹前面拍照，觀賞街頭表演，還認真地逛了創意市集。我們在平安夜盡情地玩樂，都忘了之前還覺得出門很麻煩。就這樣逛了幾個小時之後，腿開始有些痠痛了。

「夏貞，姐姐累了。」

「那我們去酒館吧！我已經找好氣氛很棒的地方。」

雖然我的意思是要回家，但夏貞假裝沒聽懂，顧著找餐廳的位置。我靜靜地跟在她後面，最後抵達一間安靜的小居酒屋。真的像她說的一樣氣氛很好，問題是已經客滿。

在這種節日，規模比較小的酒館通常都是這樣。慌張的夏貞又找到在附近的另一家店。果然，那裡也沒有位置。下一家，再下一家店也是。

寒氣滲入體內遲遲無法散去。都怪我們在戶外待太久了。腳已經凍僵，每走一步都覺得很痛苦。雖然很想跟妹妹說我們回家吧，但她實在太過期待，以至於我很難開口。該死的氣氛好的酒館。我也拿出手機搜尋可以去的地方，但每個我們看中的地方都客滿了。

「妳去那邊的酒館看看，我往這邊看看。」

最終我和夏貞決定分開來各自尋找店家，找到還有位置的地方後就打電話告訴對方。我找的是一間傳統酒館，店面的規模非常大，所以我想說這裡至少可以有個空位。然而，我在室內轉了好幾圈，卻只見店裡坐滿了年輕人，四處傳來大聲喧嘩的聲音，我的期待就這樣悲慘地落空了。一定要這樣生活嗎？人口密度實在高到讓人受不了，我煩躁地走出餐廳，打電話給夏貞，想了解她那邊的情況。電話沒接通。我只好去妹妹剛剛要去的雞尾酒吧看看，但她不在那裡。

於是我茫然地在街上徘徊，卻突然聽到熟悉的聲音。我轉身面向聲音傳來的方位，遠遠地看見夏貞的身影。不過，她的身邊圍著兩個來路不明的人。

我走近一看，發現其中一個是聖誕老人。他臉上黏了一圈灰色絡腮鬍，身上穿著廉價不織布製成的服裝，看起來應該是一名二十出頭的男性。他的旁邊是一個穿著馴鹿布偶裝的人，那套布偶裝不只老舊褪色，還眼神呆滯，而且有一邊的鹿角已經破爛不堪。

我看著夏貞，開口問道：

「妳在這裡幹嘛？」

「他們說要送我禮物？」

「禮物？」

「原來這裡還有一位姐妹。姐妹，我們也送禮物給妳。」

聖誕老人從他揹著的紅色禮物袋裡，拿出一個包裝好的盒子給我。我刻意把手縮回來，不想接過手，他卻硬要塞給我，結果盒子就像搖搖欲墜的疊疊樂積木那樣擱在我的手臂上。

「妳知道明天是什麼日子嗎？」

「聖誕節……？」

我為了拿好快掉下去的盒子而低下頭時，聖誕老人對夏貞拋出問題。

「答對了！那麼聖誕節是什麼日子？」

「耶穌的生日？」

雖然我很想無視那兩個人，直接把妹妹帶走，但夏貞一直坐在那裡回答聖誕老人的無謂問題。

「沒錯，是耶穌誕生的日子。不過，耶穌後來發生什麼事了？他為了我們被釘在十字架上犧牲了。但妳知道嗎？再臨的耶穌在韓國誕生了……」

我看到對面有一間教會。聽說這附近有規模很大的邪教組織，看來我們不小心走到他們的地盤了。我長嘆一口氣後，抓住夏貞的一隻手臂，想帶她離開這個地方，但他們似乎不想輕易放夏貞離開。

「妳最近遇到一些難題吧？學業不太順利，人際關係也遇到困難……」

「夏貞，我們走！」

但那兩個人用身體把我推開，並且背對我靠近妹妹，對她說些充滿攻擊性的話：

「那都是因為祖先震怒了。只要妳好好祭祀一次，就能解決所有問題。」

「如果不祭祀，世界末日就會越來越近。諸神的黃昏！[5]」

馴鹿也加入危言聳聽的行列，我氣到火冒三丈，想把他們兩個人推開，但他們緊貼在一起，動都不動。

5 北歐神話裡對世界末日的預言。

「混蛋，給我滾開！」

我整個氣到爆走，把他們剛剛硬塞的禮物丟到地上，然後取下揹在身上的包包，將背帶纏繞在一隻手上，再把包包往聖誕老人的頭上揮過去，聽到它發出低沉的嗡嗡聲。兩個邪教徒縮起身體分別閃躲開，我趁機把夏貞帶出來立馬逃跑。

「姐妹，之後再見！」

聖誕老人的聲音從遠處傳來。我勉強壓下飆髒話的衝動，頭也不回地快步離開。

「把那個丟掉。」

等到了看不見教會和那兩個教徒的街道後，我才開口跟夏貞這麼說，但她指著從聖誕老人那邊收到的禮物盒，反駁道：

「可是這個巧克力看起來很貴耶……」

她不曉得什麼時候已經拆開包裝，確認了禮物的內容。雖然我強調了好幾次那些人不可信，要她把東西丟掉，但喜歡巧克力的夏貞不肯聽我的話，執意把巧克力收進自己的包包裡。

隨她去吧。我再也沒力氣跟她爭辯下去，只是靜靜地走在路上。跟怪人對峙的那五分鐘，我好像瞬間老了五歲。就是這樣我才討厭出門。當時我腦袋裡滿滿都是想回家的念頭。

「姐姐，我們最後再去那邊看看吧！」

夏貞看著我的臉色，伸手指向前方的一棟建築物。它的三樓掛了一個小招牌，上面寫著「紅酒吧」。這真的是最後了。我帶著再被騙一回的心情，走上樓梯、打開店門。原本我不抱期待，但或許是神為在聖誕節受苦的可憐姐妹準備了禮物吧！我們奇蹟似地發現吧檯還剩兩個空位。

我怕位置被搶走，趕緊踏著小碎步走過去坐好。旁邊的客人似乎暫時離開了座位。雖然這裡和隔壁的座位緊靠在一起，椅子又高又不舒適，但也沒得挑剔了。我們點了兩杯價位適中的紅酒和下酒菜後，我的身體才放鬆下來，有種終於找到棲身之處的感覺。

「對了，姐姐，我可以問妳一個問題嗎？」

「什麼？」

「妳現在在哪裡工作？」

「怎麼突然問這個？」

「就……妳說自己換了公司，但也沒說換到哪裡，有的時候還累得像條狗一樣，今天也沒去上班。妳不是在做什麼奇怪的工作吧？」

這是我最想要逃避的話題。我只告訴家人已經離職的事實，並未具體說明現在在哪家公司上班，以及實際上是做什麼樣的工作。目前公司的規模比上一個地方小非常多，家人可能會擔心，而媽媽又是虔誠的基督徒，這一點讓我挺在意的。不用想也知道，媽媽一旦知道我在巫女底下工作，每次只要看到我就會假借擔心的名義碎唸個不停。所以每次提到相關的話題，我就會避而不談，含糊帶過。但今天妹妹特別執著，我只好跟她吐露部分實情。

「我跟 Youtuber 一起工作。主要在做影片編輯和內容設計。」

「真的？我看很多 YouTube，妳是跟哪一個 Youtuber 合作？」

我再次閉上了嘴。不能跟她說那個 Youtuber 上傳的影片都在教人製作讓戀人分手的符咒，或是職場上司被惡鬼附身時的驅魔方法。我盡可能地繞圈子，思索一些合適的詞彙來描述。

「大部分在講……屬靈的內容，很神祕而且超現實……」

「不會是邪教吧？」

「不是啦！」

「感覺就是！妳不會是跟剛才那些人一樣被邪教騙了吧？」

「就跟妳說不是了。」

夏貞誇張地一直重複說「邪教」這個字眼來鬧我。我嘆了口氣，和她根本講不通。

「算了，我很快就會辭職。」
「妳要辭職？」
我衝動地脫口而出。當我後知後覺地想說些話來敷衍時，感覺到有人在旁邊坐了下來。看來是把外套放在位置上、暫時離開的那位客人回來了。同時，我聽到一個聲音：
「夏容？」
我不想回頭，因為聽到聲音的那一瞬間就知道她是誰了。
「竟然會在這裡遇到。」
坐隔壁的人是「巫女姐姐」。
「天啊，竟然在這裡遇到。妳不是說有事嗎？」
「事情處理完就來喝一杯啊！」
在槓龜十個地方後才好不容易找到有位置坐的酒館裡遇見職場上司的機率有多少？而且還是在難得休假的日子，到不常來的商圈，剛好坐在相鄰的座位，甚至是正聊到辭職話題的時候。
她聽到多少了？辭職？邪教？不管是哪一個都很糟。我瞥一眼「巫女姐姐」的臉色。看起來不差，但她這個人本來就表情變化不大，就算聽到了，肯定也不會表現出來。
「這位是？」

耳邊傳來悄聲說話的聲音。我因為太過驚嚇，完全忘記妹妹在旁邊。

「她是我的妹妹金夏貞，這位是我的老闆。」

我看著她們兩人打招呼時，意識到幾個問題。首先，夏貞很可能會發現我實際上在做什麼工作。雖然夏貞知道了也沒關係，但是她知道後，遲早會傳到媽媽的耳中……我還沒有自信承擔那個後果。另一方面，被「巫女姐姐」知道我對家人隱瞞工作到這種程度，感覺也不太好。她或許會以為我覺得和她一起工作很丟臉，所以才刻意隱瞞。雖然一部分是事實，但光是想到讓她本人得知這個狀況，心裡就不太舒服。最後是，我得小心不讓夏貞亂說話，比如「邪教」或「辭職」這些字眼。雖然她是我妹，但她偶爾會做些蠢事，所以我必須保持警戒。

煩心的事情太多，讓我的腦袋快要炸裂。總之，最重要的是阻止她們兩人對話。經過一番激烈的思考之後，我選擇的方法是：

「老闆，我姐姐在公司做得怎麼樣？」

「做得很好啊！」

「準確來說是什麼做得好？是哪種……」

夏貞興奮地對「巫女姐姐」連續抛出好幾個問題，我打斷她的話喊道：

「乾杯吧！」

「老闆您是做什麼YouTube……」

「喝一杯吧！」

「姐姐打算……」

「我們來乾杯吧！」

「您對邪教有什麼看法？」

「請再給一杯一樣的。」

「您相信『道』嗎？」

「大家一起，Cheers!」

我的方法就是一直邀她們乾杯，讓她們沒空聊天。這個方法還不錯。酒量不佳的夏貞已經喝得醉醺醺。不過，這麼做有一個嚴重的副作用，那就是我為了搭配節奏，連自己都醉得有些迷糊了。結果還喝不到兩個小時，我們就不得不離開。

「您還幫忙付了酒錢，讓我太不好意思了……老闆，我愛妳！」

我都不知道自己跟「巫女姐姐」亂說了什麼，總之跟她道別後，我們就分開了。為了醒酒，我和妹妹在夜裡繼續走路。也許是因為喝醉了，剛剛的緊張感全都揮發不見，只剩下飄飄然的心情。我和夏貞勾肩搭背到處閒晃，感受著寒冷的空氣。

「姐姐，我們去拍那個！」

夏貞手指的地方有一間拍貼館。我們沒有多想，直接朝那裡跑去。一進到裡面，就看到牆壁上掛滿了各式各樣的髮箍、帽子還有衣服。我們試戴了幾個，煩惱了一會兒後，夏貞最終選了蓋住耳朵的馴鹿帽子和紅色披肩，我則是戴上鯊魚張口咬人的頭套。我們看著彼此和平時不同的滑稽樣互相嘲笑，還幫彼此拍照。就這樣玩了一陣子，終於要走進拍貼間裡拍照時，夏貞的臉色突然變了。

「等一下，我的胃很不舒服。」

夏貞丟下這句話後就跑出拍貼館。我跟著跑出去，看見妹妹朝附近公園的公共廁所飛奔而去的背影。我跟在她身後一起進去後，立刻聽到嘔吐的聲音從廁所隔間裡傳出來。雖然她乾嘔了好多次，但我只聽到胃液和口水混合後落入水中的聲音。

「我吐不出來。」

「要不要幫妳拍拍背？」

「不用，沒關……嗯。」

她又開始嘔吐了。我很想待在她旁邊，但連我都開始有點反胃，只好先走出公共廁所。要去買藥嗎？但這個時間藥局應該都關門了。

「總算好了。」

我正在用手機搜尋附近的急診室，結果身後傳來妹妹的聲音。我回過頭一看，夏貞正一邊走出廁所，一邊把手甩乾。她看起來跟剛剛反胃到快死的模樣完全不同，一點痛苦的神色都沒有，眼裡甚至還閃爍著微微的光芒。

「沒事吧？」

「嗯。對了，姐姐，我肚子餓。」

夏貞環顧四下，一發現賣小吃的布帳馬車，就立刻朝那裡跑去。我趕緊跟上，看到妹妹已經雙手拿著魚板串，大快朵頤了起來。她暴風似地吸入五支魚板串後，又伸手去拿放在眼前的炸物吃了起來。四個、五個……我看著夏貞暴食的模樣，覺得事情似乎不太對勁。我趕緊結了帳，把夏貞拖到大馬路上去。

「妳怎麼突然間暴飲暴食？」

「不知道，我好餓。」

「先醒醒酒吧！我去便利商店買點東西，妳在這裡等我。」

我馬上走進附近的便利商店，買了幾瓶解酒飲料裝進袋子裡，然後發現夏貞已經不在剛剛那個地方。我鬱悶地四處喊她的名字，很快就在馬路對面賣水果的卡車旁看見熟悉的身影，於是跑了過去。

「喂，我不是要妳在原地等……」

夏貞連看都不看我一眼，光是把頭埋在黑色的塑膠袋裡。仔細一看，她似乎是在吃什麼東西。她急著動手把食物塞進嘴裡咀嚼吞下，像是被餓死鬼附身一樣，動作非常急躁。

我出神地盯著夏貞看，她這才發現似地抬起頭來看我。

「對不起，我實在太想吃了。」

夏貞笑著舔嘴巴。她嘴邊沾滿亮亮的紅色汁液，而且每次張口都有股甜到讓人起雞皮疙瘩的香味撲鼻而來。

「袋子裡面是什麼？」

妹妹迅速遞出袋子。裡面裝的是草莓。她見我愣愣看著她什麼話都沒說，又開始把草莓拿起來吃。

「金夏貞，別再吃了。」

但是妹妹彷彿完全沒聽見我說的話，依然像個餓了好幾天的人那樣吃個不停，吃到滿手滿嘴都是果汁，一舉一動像極了野獸或殭屍。

「我叫妳別吃了！」

我實在看不下去，伸手抓住夏貞的手腕時，她突然發出「咳咳咳」，乾咳了起來。然後好像覺得呼吸困難，一邊喘著氣，一邊抓脖子。

「怎麼會這麼癢？」

「當然啊，因為妳過敏了！」

沒錯。夏貞對草莓過敏。自從小時候吃了草莓、病得很嚴重之後，她就再也沒碰過草莓。不過，一般就算喝得很醉，也不會去吃自己過敏的食物吧？而且還吃那麼多。

夏貞就像快死的人那樣掐著脖子咳個不停。她的手和嘴巴周遭已經開始起疹子了。現在得趕快帶她去急診室。當我伸出手打算攔下經過的計程車，夏貞用跟平常完全不同的嗓音說：

「唉，真是要命。」

在此同時，夏貞的臉開始產生變化，臉上各處都有如長出氣泡那樣鼓了起來，而且臉色很快變成了黑紫色，眼睛也發紅，布滿了血絲。

「金夏貞，妳……」

這是我非常熟悉的，惡鬼的模樣。我的手在顫抖。就連在夢裡，我都沒見過這樣的場景。如果是夢，那也是最可怕的的惡夢，但這竟然是現實。附身在夏貞身上的惡鬼正看著我笑，然後，往我身上撲過來。

我立刻往旁邊一閃。夏貞控制不了速度，整個人撞上我身後的電線桿，跌倒在地上。我必須逃跑。要趕快跑走。我腦袋裡只有這個想法。

◇　◇　◇

我離開巷子，混進人群中藏身。雖然夜已經很深，但路上仍然擠滿了人，所以很輕鬆就能混入人群中。好像還有聖誕節活動在進行，四處都是音樂的聲音和歡呼聲，非常吵鬧。轉頭一看，我遠遠看見了夏貞的頭。她正在四處張望，一定是在找我。在跟她對到眼之前，我從人群中跑出來，躲到建築物間的狹窄巷弄裡，打電話給「巫女姐姐」。響了許久的電話鈴聲讓我焦慮不已。一聽到「喂」的聲音後，我就像連珠砲似地說了一長串：

「夏貞被惡鬼附身了，妳趕快過來，這裡的位置是……」

「巫女姐姐」跟我說她馬上過來，要我繼續追蹤妹妹的行蹤，然後掛了電話。該怎麼做？躲在人群中很難掌握夏貞的位置。如果有個地方能安全地觀察就好了。我環顧四周，發現一個正在舉辦聖誕節活動的小舞台。它高高聳立在街道旁，附近還搭滿了帳篷，很適合藏身和避寒。我跑過去躲在帳篷內。把剛剛在便利商店買的解酒液拿出來喝，同時用眼睛尋找夏貞的位置，幸好在稍微隔一段距離的地方看見了馴鹿的頭。在「巫女姐姐」來之前，就好好監視吧！正當我瞪大眼睛追蹤夏貞的動向時，有人拍了拍我的肩膀。

「下一個輪到妳了，趕快出來。」

「什麼？」

我還來不及回答，就被拉著推上舞台。我站的地方有明亮的照明，聚集在台下的群眾兩眼發光地抬頭看我，似乎在期待著什麼。

「這次的參賽者連服裝都準備好了，妳是鯊魚家族嗎？」

拿著麥克風的男人問我。我慌張地摸了摸頭。原來我頭上還戴著拍貼館的鯊魚帽，難怪我覺得頭很暖和。

「妳要唱什麼歌？」

「那個，好像有點誤會，我走錯地方了……」

「妳似乎有點緊張，那我們趕快進行吧！請放音樂！」

男人給出信號的同時，音樂聲從音響傳了出來。在這種狀況下唱歌？我得趕快抓住夏貞才行。對此毫不知情的主持人依然想把麥克風塞到我的手裡，即使我擺手拒絕，主持人還是一直要我唱歌，觀眾也大聲歡呼，似乎是在幫我加油打氣。在我和主持人緊張地相持不下時，只有抒情風格的伴奏聲持續不斷。

「吼，就說我不唱歌了！」

多虧了那個男主持人把麥克風堵到我的嘴邊，我講話的聲音響亮到甚至能聽到回音，連音樂聲也突然被切斷。慶典的氣氛急速冷卻，剩下一片寂靜，接著聽到嬰兒的哭聲在某個角落響起。我瞬間澆熄了一百多人的興致，變成一個超級大白目，但此時我的注意力轉向了其他地方。

在觀眾的後方，有個人正穿過人群狂奔而來。是夏貞。她應該是聽到我的聲音後認出我來了。所以我才說不唱歌嘛！

夏貞當然不明白我的心情。她瞬間跳上舞台，大步朝我走過來。我往後退時絆到地上的音響線，在舞台上跌了一跤。夏貞趁機衝了上來。

這時，我發揮了平常沒有的爆發力，瞬間往旁邊一滾，避開了攻擊。然後我站起身，立刻跳下舞台。觀眾往左右兩旁讓路，我從中間跑了出去。夏貞也跟在我身後。周遭傳來人群鬧哄哄的聲音，還有主持人安撫群眾的吵雜聲響。我的耳朵嗡嗡作響，頭昏腦脹。為了確認夏貞人在哪裡，我飛快回頭看一眼，結果來不及避開前方的人，和他正面相撞後跌倒在地。當我縮著身子坐在地上、抱住痛得發疼的頭時，前方突然有個人出現抓住我的衣領，狠狠把我摔到地上。是夏貞。她很快地走過來，用雙腳把我的身體圈住，站在我的上方，然後彎下腰來伸出手，打算掐住我的脖子。

我就要這樣死去了嗎？死在被惡鬼附身的妹妹手裡？我心灰意冷地閉上眼睛。然而，周遭突然安靜了下來，緊接著巨大的嘶吼聲和碰撞聲同時響起。我睜眼一看，只見夏貞呈大字型躺在一旁，而「巫女姐姐」正壓在她的身上。她們扭打了一番，夏貞看清「巫女姐姐」的臉後，瞬間抽身出來，混入街上的人群中。

「我們也過去吧！」

「巫女姐姐」抓住我的手臂把我扶起來。我們往夏貞逃跑的方向過去。

「有看見妳妹妹嗎？」

「沒有，完全不見蹤影。」

我們找了好一陣子，還是沒在人群中看見夏貞的身影。雖然我們尋遍了每條巷弄，也一一察看大街上人群的面孔，但還是沒看見她。我已經非常疲憊，情況卻沒有絲毫進展，我累得連一步都移動不了了。我無視經過的人群，一屁股坐到路邊店門口的台階上。我低頭縮著身體，黑暗的念頭滲入腦中，持續蔓延開來。

「如果夏貞就這樣消失不見的話該怎麼辦？如果永遠都找不到她呢？」

我低聲自言自語，「巫女姐姐」走近到我的身旁。

「如果她在那種狀況下闖禍怎麼辦？她如果殺了人呢？如果到處跑時被車撞呢……我應該多注意才對，應該想辦法在旁邊保護好她才對……」

尚未消散的酒意讓淚水湧了出來。我把頭上戴的帽子摘下來，把臉埋進去。

「可以找到的。」

「巫女姐姐」一邊說，一邊在我旁邊坐下來。

「在她闖禍之前抓住她吧！現在，馬上。」

「……怎麼做？」

我抬起頭，看向「巫女姐姐」。她的表情和以往一樣沒有絲毫動搖，非常堅定。

「妳有妹妹的照片嗎？她現在這身裝扮的照片。」

「有是有……」

我把照片發送給她後，「巫女姐姐」用她的手機一直在輸入些什麼。不知不覺間，淚水止住了。我不曉得「巫女姐姐」在做什麼，只能一邊吸鼻涕、一邊靜靜等待。沒多久，「巫女姐姐」把她的手機畫面秀給我看。

〈聖誕節驚喜活動〉

請找到這隻馴鹿並提供所在位置！

「巫女姐姐」會為找到的人準備驚人的禮物。

那是「巫女姐姐」的官方社群帳號，貼文還附上一張只能看見夏貞的帽子和披肩、但看不見臉的照片。

「妳要上傳這個？」

「我找人幫忙啊！」

雖然這麼做必須曝光夏貞，所以我很擔心，但「巫女姐姐」說的或許沒錯。與其兩個人在寬闊的街道上四處徘徊，還不如讓「巫女姐姐」的數萬名粉絲，以及那些粉絲各自的粉絲去找夏貞會更有效率。

我點點頭後，「巫女姐姐」按下分享鍵。貼文迅速傳播開來。我安撫焦躁的內心，等待某個人提供情報。大概過了十分鐘吧，我們收到新訊息通知，訊息內容是妹妹在路邊攤吃東西的背影。我們朝訊息指示的位置狂奔而去。

那個地方位於不遠處的街上，是布帳馬車密集分布的地區。夏貞就在那裡。她正大口大口地把辣炒年糕塞到嘴巴裡。竟然用別人的身體和錢那樣吃東西。一股怒氣湧上我的心頭。我悄悄地一步步往那裡靠近。但或許是太久沒這樣跑了，我沒能控制住的氣息發出粗重的聲音。早知道平常就多運動了。雖然我有些後悔，但夏貞已經聽到，轉過頭來看了。

我們四目相對，然後立刻不分先後一個跑、一個追。就在「巫女姐姐」追到只剩下一個手掌的距離時，夏貞改變了方向，穿過綠燈訊號只剩一秒的行人穿越道。燈號馬上變換，許多車按著喇叭衝了過來，但夏貞沒有停下來，還是繼續跑過行人穿越道。

我對這種危險的舉動非常生氣，朝著妹妹的背影大聲喊：

「喂！逃跑時注意安全！」

我們隔著一個行人穿越道，眼睜睜看著夏貞跑得越來越遠。無力感襲捲了我全身。

「又追丟了……」

我無力地靠著行人穿越道前的矮柱子，在地上蹲坐下來，胸口有一股沉重的絕望感，夏貞可能會出事的念頭也一直在腦中揮之不去。

「妳要繼續那樣待著嗎？得去抓她啊！」

「巫女姐姐」抓住我的手臂，把我從地上拉起來。我回過神一看，綠燈已經亮了。於是我再次挪動腳步。

類似的情節重複了幾次。有人報了位置後我們就追過去，但妹妹每次都神奇地察覺到我們的動靜，先一步逃走。反覆的失敗讓我們逐漸耗盡力氣。我早就變成一條被擰乾的抹布，「巫女姐姐」看起來雖然比我好，但也難掩疲憊的神色。

「至少能推測出方向。」

「巫女姐姐」說。果然，我順著夏貞逃跑的方向看去，可以推測出她逃跑的路線。她從地鐵站附近的布帳馬車逃往公園那一側，然後又從那裡逃往教會的方向。很快地，我們又收到一張照片。這次真的是最後一次了。我這麼想的同時，再次邁開了步伐。

◇　◇　◇

我們朝情報提供的方向繼續尋找，最後終於找到夏貞。她在路邊攤前，雙手拿滿青葡萄糖葫蘆，吃得正香。我剛剛換了一套衣服，現在假裝成路邊的行人，自然地靠近夏貞。

「巫女姐姐」也慢慢地走到夏貞一旁站好。夏貞不停地把糖葫蘆塞進嘴裡，只稍微瞥了旁邊一眼，但沒有要逃跑的意思。那瞬間，我和「巫女姐姐」交換了眼神，動手從兩側緊抓住夏貞的手臂。她拿在手裡的糖葫蘆掉到地上，一臉驚嚇地抬頭望向我們。

這次夏貞之所以沒有認出我們是有原因的。「巫女姐姐」變裝扮成了聖誕老人，而我扮成了馴鹿。夏貞每次都敏銳地察覺到我們的動向，先一步逃跑，所以我覺得我們有必要掩飾外貌。當我們發現妹妹正往教會方向逃跑時，最先想到的就是幾個小時前遇到的邪教徒。我把點子告訴「巫女姐姐」後，先找到那兩個人，跟他們借了衣服。當然，我們其實是直接把衣服搶了過來，並未認真詢問過他們的意願，但之前他們也奪走了我的時間，所以算是扯平了。

最後，我們很快就抓住妹妹，解決了問題。「巫女姐姐」撂倒夏貞後，把符咒塞進她的嘴裡。夏貞猛烈掙扎的身體很快就平靜下來，無力地躺在地上。

我環顧四周，發現有很多人正用奇怪的眼神看著我們。這條街的人潮很多，我怕有人會去報警，於是站在前頭遮擋住她們兩人。我必須轉移大家的注意力。

「聖誕老人抓到逃跑的馴鹿了！我們為他鼓掌！」

沒有任何人拍手。行人的眼光非常冷漠。就在寒冷的空氣掐住脖子、逼得我快窒息的那一瞬間，底下傳來了鼓掌的聲音。我低頭一看，只見一個小女孩蹲坐在地上拍手，眼裡帶著滿滿的好奇心。

「聖誕節快樂！」

我心情好轉後，原地轉圈連喊了幾聲「聖誕節快樂」，雖然一樣沒有人回應，但大家似乎都失去了興致，很快地又再次踏上自己的路程。疲憊的平安夜總算結束了。

◊　◊　◊

我擔心過敏的狀況會惡化，於是帶著昏過去的妹妹到急診室報到。「巫女姐姐」說要幫忙而跟過來。一開始我拒絕了她，但內心其實鬆了一口氣，因為憑我現在的體力，絕對無法自己移動失去意識的夏貞。

把夏貞放到急診室的病床上後，我才終於安心下來，真實感受到「終於結束了」。

這場平安夜的惡夢漫長到彷彿永遠醒不過來。

「我走了。」

聽到「巫女姐姐」這麼說，我站起身來，覺得有句話一定要說。

「今天真的很感謝妳。我不知道該怎麼說，但是真的……」

「我明白的。好好過聖誕節吧！下星期再見。」

我想說些平常沒在說的話，結果實在太尷尬，結結巴巴地說不完整。這時，「巫女姐姐」丟下這句話後就走了。我看著她走遠的背影，心裡想：「我想跟那個人再工作一陣子看看。」

【番外】明日・聖誕節

早上，手機鈴聲大作。明日伸手把鬧鐘關掉，猶豫了一下要不要再睡回去，因為昨晚直到深夜都還在抓惡鬼，回來後全身上下疲憊不堪。就這樣猶豫一會兒後，她還是伸手搓了搓臉，坐起身來。

簡單洗漱過後，明日換上運動服，到附近的江邊跑步。這項運動已經堅持了超過十年，完全是慣性之下的行為。跑到心臟快炸開，跑到呼吸急促而氣喘如牛，只要撐過那個時刻，就會升起一種令人暈眩的快感。這一切她都已非常熟悉了。在高強度地跑了一個小時後，明日開始減速。冷到讓人發抖的涼風徐徐吹來，吹涼了從她額頭上流下的汗水。為了這樣的時刻，不論再怎麼累，她似乎都會繼續跑下去。明日一邊這麼想，一邊離開散步步道，調轉腳步朝家裡走去。

從路邊經過時，一家咖啡廳的老闆正一邊碎唸、一邊將聖誕樹往外擺好。看到小燈泡亮起來的景象，明日才想起今天是聖誕節。昨天是平安夜，今天當然是聖誕節。她現在對於日期的更迭越來越不敏銳了。現在想起來，昨晚似乎是她生平第一次穿聖誕老人的服裝。明日的思緒自然而然地流向昨晚發生的事。

在雞尾酒吧遇見夏容時，她很驚訝。竟然會在離商圈那麼遠的小店裡遇見夏容，而且還是相鄰的座位。明日沒有很愛喝酒。不過，當偶爾有好事發生，或是有壞事發生時，她都會突然心生想喝一兩杯的念頭，昨天就是那樣的日子。於是她久違地找了一家酒館，慢慢地品嘗一杯酒，而在同樣的時間裡，夏容接連灌下了六、七杯。雖然明日沒表現出來，其實心裡有些驚訝。不管是平常還是昨天抓惡鬼的時候，都能看出夏容的體力很差，沒想到她還有酗酒的習慣……看來不管怎麼樣，都要督促夏容運動才行。

明日的想法繼續流向夏容。其實她不是非得雇用員工不可。雖然巫女的業務和 YouTube 頻道的事確實很忙碌，但她一直來都是獨自工作，真的忙不過來時，只要調整工作量就可以了。不過，有個理由讓她這麼做，一個強烈吸引明日的理由。

明日回想夏容初次拜訪自己的時候。夏容發了一篇上司變得和以前不一樣的貼文，那時她用留言把夏容引到算命店來。原本她是打算跟她收一大筆錢後就自己去驅魔，但聽到夏容的經歷後，她突然產生了好奇心。夏容作為一個普通人，不光因為隔壁的噪音問題而寫了符咒，甚至還在直接面對惡鬼時活了下來，

於是，在捕捉附身夏容上司身上的惡鬼時，她故意吩咐夏容進行幾項任務：要夏容

試著讓上司吃下東西，或是用樹枝打上司的頭。其實光靠這些本來就無法成功驅魔，她只是想看夏容會怎麼採取行動，才突然改變主意，分派任務給她。後來，把她的上司叫到遊樂場正式抓鬼那一天，明日清楚了解到一個事實：

那就是……這個人很有趣。

夏容平常看起來很膽小，一旦爆發卻會做出無法預料的千奇百怪舉動；吩咐了令她為難的事情時，她表面上雖然不願意，後來卻又會非常投入，甚至做得超級認真。尤其是在抓惡鬼的時候，她即使怕到快要崩潰，還是會跑起來想盡辦法逮住惡鬼。看著她這些模樣，真的非常有趣。明日很確定把夏容留在身邊絕對不會無聊。而且，她之前隨便寫的符咒還發揮了效果，由此可知她身上也有些神奇的能力。這一切都構成了把夏容帶進公司工作的理由。

不知不覺間，明日已經回到了住家附近。時間雖然還早，但路上的行人明顯變多了。有小孩子牽著媽媽的手，難掩興奮之情，蹦蹦跳跳的。明日望向她們，回想起昨天偶然聽到的話，心想：

所以，夏容絕對不能辭職。

運動選手願望實現符

我把整個屋內掃視了一圈：大理石地板、窗外的江景、擺放在各處的知名設計師傢俱。任誰來看，都能看出這是「有錢人的家」。

「狀態非常糟。」

正在跟「巫女姐姐」說話的中年女子是知名時尚公司「英珍妮斯」的總監。英珍妮斯一開始是間小公司，銷售進口包包起家，但二〇一〇年發行自家品牌後，特有的感性在十幾歲青少年間大受歡迎，再經過一番積極擴張後，一路成長至現今的龐大規模。擴張的過程中，它雖然曾被多次懷疑巧妙地仿造了小企業的時尚單品，但目前依然是近年來最受矚目的時尚公司，而總監一職在促成這番事業上扮演了重要角色，這是誰都不能否認的事實。

「醫院說沒有問題，但我覺得有問題。她睡不好，臉色也很差。」

「您說她平常有在運動，對吧？」

「對，她在打拳擊。」

在一旁發呆的青少年就是英珍妮斯總監的女兒，也是我們這次到訪的目的：張漢娜。她目前就讀S體育高中，是一名拳擊選手。她在女子高中部擁有壓倒性的實力，還在全國大賽中贏得許多面金牌，是被人稱為「怪物」的明日之星。

「我其實不想讓她練那種沒文化的運動。」

總監直率的發言讓我突然有些慌，但她完全不在意我的反應，接著繼續說：

「我沒說錯吧！打人算什麼運動。她要不就讀文科跟著我學經營，真的想練體育，就去學舞蹈之類的。」

我看看周遭。「巫女姐姐」面無表情，漢娜則只顧著玩自己的手機。她似乎已經聽習慣了。

「很快就有重要的比賽了，不曉得她能不能好好表現。我在想如果比賽成績不好，是不是趁現在趕快回去讀書。」

「就說我沒事了！」

「哪裡沒事！」

被總監的怒氣鎮住的漢娜轉過頭去，用嘴型無聲地發牢騷。在一旁看母女兩人僵持不下的「巫女姐姐」，突然站起身來走近漢娜。

「我檢查一下狀態。」

她一邊說、一邊伸手抓住漢娜的下巴。冷不防地被抓住的漢娜緊皺眉頭，但「巫女姐姐」完全不在意。她轉動漢娜的頭，左看右看，又刻意把漢娜的眼皮撐開來，還要漢娜張開嘴巴，檢查口腔裡的狀況。

「怎麼樣？」

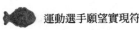

「這，可能很危險。」

「巫女姐姐」皺著眉頭閉上眼睛，嘴裡發出「嘶」的聲響後這麼說。

「我感覺到一股邪氣。」

總監的臉色瞬間暗了下來。

「哪部分不好？」

「稍等一下。」

「巫女姐姐」豎起指頭抵在唇上，要我們安靜下來。然後她突然站起來，在客廳裡走來走去。緊張的氣氛持續了幾分鐘。「巫女姐姐」開口說：

「這個家裡有符咒吧？而且有很多張。」

總監一臉被說中的樣子，接不了話。「巫女姐姐」這麼問似乎不是為了得到回答，她停在客廳牆上掛的畫框前面，然後把畫框從牆壁取下來翻面，摘下黏在背面的一個紅色信封。

「這裡有一個。」

她又往玄關走過去，拿著另一個信封回來。

「這裡也有一個。」

語畢，「巫女姐姐」走近總監，開口道：

「每個房間都各有一個吧？您隨身攜帶的包包裡面也有。」
「妳是怎麼……」
「而且都不是同一個人寫的，而是各自從不同的巫女那裡拿到的吧？」
「沒錯。」
「這樣不行，這樣絕對不行。」
「巫女姐姐」說完後，長嘆了一口氣。總監看起來坐立難安，緊張到連手都不知道要放哪裡。
「如果從多名巫女那裡收到符咒，邪氣可能會混進來。也就是說，可能有符咒帶有惡意。這樣一來，家庭成員，尤其是氣比較弱的小孩很容易受到影響。必須馬上拿下來才行。」
「巫女姐姐」的語氣非常堅定，感覺像是在訓話。總監剛才自信滿滿的模樣都不曉得跑哪裡去了，現在像個小孩子似地跟著「巫女姐姐」走遍家裡各個地方。很快地，「巫女姐姐」懷裡抱了一大堆信封袋出來，一旁的總監不安地問：
「突然都取下來沒關係吧？裡面應該也有好的符咒啊！」
「之後要用出處明確的符咒來取代。現在可以去寫符咒了吧？」
「巫女姐姐」拿著包包和總監一起進了某個房間。客廳彷彿剛被一場暴風席捲而過，變得非常安靜。原來她是為了這樣才作秀把符咒都找出來的啊！我再次受到衝擊而呆愣在原地。這時，總監的女兒漢娜和我對到眼。她一臉懷疑地盯著我看。

她年紀雖然還很小，但塊頭比我大，感覺又很凶，讓我忍不住畏縮起來。我把視線轉到窗外，想假裝沒注意到，但依然可以感覺到她在盯著我看。

「那個……」

她在叫我。我假裝若無其事地轉過頭看她。

「嗯？」

「那個人只是一般的巫女嗎？總覺得很面熟。」

漢娜問道，指著「巫女姐姐」走進去的房間。我跟她說明「巫女姐姐」也有在經營YouTube頻道。本來以為她是十幾歲的青少年，應該會感興趣，結果她一臉不高興的樣子，看來興緻缺缺。

「那妳是誰？」

「什麼？」

「妳只是一直坐著，看起來也不像巫女，妳是做什麼的？」

預料之外的問題讓我有些混亂。我是做什麼的人？如果說出原本的職業，她一定會懷疑設計師幹嘛跟著巫女到處跑。我一猶豫，漢娜就用覺得我很無趣的眼神對我施壓。

我似乎得回答些什麼，在絞盡腦汁後說道：

「我是……巫女的小嘍囉？」

「小嘍囉？」

瞬間一陣沉默。我的用詞是不是太幼稚了？就在我覺得丟人而開始臉紅時，聽到了爽朗的笑聲。

「太好笑了，我第一次看到巫女的小嘍囉。」

這個回答或許引起了漢娜的興趣，開始對我拋出各式各樣的問題，像是叫什麼名字、平常都在做什麼、本來的職業是什麼等等。被好奇心旺盛的高中生做戶口調查，讓我反過來有種筋疲力盡的感覺，一心只希望「巫女姐姐」趕快出來。

「那麼之後再見。感覺有需要再觀察個幾星期。」

幾分鐘之後，「巫女姐姐」從房裡走出來，我才終於擺脫了漢娜。

「交給您我完全放心，漢娜就拜託您了。」

看來「巫女姐姐」剛剛確認過漢娜的狀態後，已經跟總監達成協議會改善她的狀態。原來她就是這樣維持算命店的經營啊！我一邊讚嘆，一邊跟著「巫女姐姐」離開總監的家。

◇　◇　◇

「身體最近怎麼樣？」

「都一樣。」

一週之後，在某個商圈的咖啡廳裡。跟總監協議的契約中，有一條就是要定期與漢娜見面以確認她的狀態，為此我們才會約在這裡見面。漢娜固執地說不想待在家裡，所以我們來到咖啡廳，但她的態度很差，只是一直喝飲料，對問題都愛答不答的。

「訓練的狀況還好嗎？」

「那個也都一樣。」

「有做惡夢，或是狀態不好的時候嗎？」

「沒有。我朋友說要過來，可以吧？」

「不行。」

「她們說已經到了。」

漢娜開朗地說。「巫女姐姐」放棄對話，把身體往椅背一靠，嘆了口氣。過了不到五分鐘，咖啡廳的門被打開，傳來吵雜的嬉鬧聲。咖啡廳裡的人全都將視線集中到店門口。一群跟漢娜穿著相同體育服的女孩走了進來，一共有八個人。

我驚訝地盯著她們看。她們似乎發現漢娜坐在這邊，很快地朝我們這裡靠近，然後站在桌前愉快地跟漢娜打招呼，言語中還夾雜著髒話，彷彿沒看見我們兩個人一樣。

「她們是誰？」

其中一個女孩問道。漢娜正打算開口，結果站在最前面的女孩搶先說：

「那個人是巫女，好像還是 Youtuber 吧？名字是『巫女姐姐』，她旁邊那個是小嘍囉。」

她的說明簡明扼要，其他孩子聽到後吵鬧了起來。有幾人拿出手機似乎是在搜尋。她們點開影片，比對畫面中的人和眼前的真人，確認是同一個人沒錯後，立刻大聲尖叫衝上前來。

「她真的是 Youtuber！」

「她的訂閱人數超多的。」

「可以拍照嗎？」

「妳認識 Youtuber 嗷嗷嗎？」

「我們來自拍吧！」

騷動越來越大，連咖啡廳職員都跑來了，依然沒辦法控制住場面。我用「妳想想辦法啊」的表情焦急地看向坐在對面的漢娜，但漢娜一副跟自己無關的模樣，只是一直盯著自己的手機看。最後，其他孩子為了拍照全都擠到「巫女姐姐」旁邊。「巫女姐姐」試圖逃脫，但前後左右都被包圍了，完全動彈不得。結果，在孩子們的推擠下，椅子被撞翻了。「巫女姐姐」和我趁著孩子們一時愣住、往一邊站開的瞬間，趕緊拿著東西往外跑。不過，孩子們就像咬定獵物就不放手的肉食動物一樣，用驚人的速度一路追到我們上車的地方。

「趕快出發！」

「我也想趕快出發。」

「巫女姐姐」啟動車子，動作比被惡鬼追的時候還要急。然而，今天車子發動很不順，而那些孩子越來越靠近了。

「發動了！」

車子好不容易發動後，我們趕緊離開停車場，只是巷弄太窄，沒辦法加速，而那群學生已經趕上我們，圍在車子的周圍。四面傳來拍打玻璃的聲音。她們從前方和兩側靠過來，彷彿在看動物園的猴子那樣看著我們。我害怕跟她們對視，於是低頭假裝在翻找包包裡的東西。然而，或許是我太緊張了，包包的一角不小心觸碰到按鈕，使得敞篷車頂開始往下降。

歡呼聲在四周響起。

「妳在幹嘛？趕緊關上。」

「等一下，是這個按鍵嗎？」

我按下中間的按鈕。這次是車窗降了下來。孩子們大聲尖叫，緊貼在車子旁。

「車子超讚的！」

「有錢人！有錢人！」

「『巫女姐姐』是有錢人？」

「會不會是車奴？」

「『巫女姐姐』是車奴？」

有幾個人在尖叫，有幾個人想辦法要爬上後座，還有幾個人在前面擋住車子。我感覺快昏過去了，百分之百能理解藝人陷入恐慌狀態的心情了。我轉頭看向旁邊，「巫女姐姐」的狀態也不平靜。她面對政治人物和企業家時都很冷靜，現在卻好像馬上就要爆發了。

「閃開，妳們這些傢伙！」

「巫女姐姐」忍無可忍大喊出聲。擋在前面的幾個人嚇了一跳，遠離我們的車。「巫女姐姐」趁機加速把車開到大馬路上。回辦公室的途中，「巫女姐姐」和我累到一句話都沒再說。

◇ ◇ ◇

之後每次見漢娜的時候，她都會把朋友帶來大鬧一場。類似的事情發生三次左右後，我一看到穿S體育高中體育服的學生，就會手腳發抖。「巫女姐姐」也一樣對這事感覺煩得要死。我們只好把情況告訴總監，漢娜或許是因此挨罵了，之後見面都沒再把朋友叫來。多虧如此，今天才能順利地在漢娜家完成諮詢。結束後，我安心地跟「巫女姐姐」分開，走進地鐵站搭車。

「您好。」

等車的時候，我看到三個面孔熟悉的高中生跟我打招呼。她們是漢娜的朋友。我心跳加速，冷汗直流。我沒自信在「巫女姐姐」不在身邊的狀況下，獨自應對幾個精力旺盛的孩子。雖然我很想逃跑，但列車剛好抵達，於是我們順著人潮走進了同一節車廂。漢娜的朋友自然而然地朝我走來。

「妳是小嘍囉姐姐對吧？」

「竟然叫我小嘍囉……」

討人厭的名稱讓我面露難色，孩子們捧腹大笑了起來。我搞不懂笑點在哪裡，只是靜靜地站著，其中一個孩子問了我名字，我便如實回答。終於找回自己的名字了。

「我是貞媛，她是熙妍，她是秀彬。」

「妳本來是做什麼的？」

「設計師。編輯影片，設計縮圖、宣傳物、商標或周邊商品之類的，有需要的都會做。」

「哇！設計師做那麼多事喔？」

其實比這更多。高中生天真的感嘆讓我很想再說些超出正常範圍的內容，話也已經到嘴邊了，但最後還是忍了下去，只是露出微笑。

「貞媛在我們當中也是設計師。這個就是她做的。」

叫秀彬的孩子把掛在包包上的鑰匙圈拆下來，拿到我眼前晃了晃。那是一個毛茸茸的狗頭玩偶。三個孩子的包包上都掛了其他顏色的絨毛吊飾。

「我們八個人都是不同的動物喔。」

「真的做得很好呢！」

「這對我們來說就像符咒一樣，所以每天都戴在身上。」

我接過秀彬遞過來鑰匙圈，正拿在手上仔細地看，突然有人伸手過來把鑰匙圈搶了回去。

「別講了，又不是什麼了不起的東西，有夠丟臉的。」

是貞媛。貞媛把鑰匙圈從我手中拿走，重新掛回秀彬的包包上。看到貞媛低著頭的模樣，我心想她比外表看起來的更害羞，忍不住笑了笑。

後來孩子們又繼續跟我聊了許多，都是關於她們在練的運動或是學校生活。這次的對話相當平靜且愉快，我幾乎都要忘了之前害怕遇到她們的事。很快地，熙妍和秀彬下了車，只剩下我和貞媛。

「妳剛剛從漢娜家出來吧？」

短暫的沉默之後，貞媛突然開口這麼說。我嚇了一跳，問她是怎麼知道的。她說是漢娜傳訊息跟她說的。我們自然而然地聊起漢娜，聊到她在學校的生活，還有家庭狀況，後來貞媛小心翼翼地開口提到：

「其實，漢娜的媽媽不是第一次叫巫女去家裡了。」

「好像是這樣。」

「光是我看到、聽到的大概就有十次左右吧！」

「十次？」

「大概是因為覺得不安才那樣吧！」

貞媛突然說了句耐人尋味的話。

「她很晚才開始運動。她媽媽原本非常反對，因為本來希望她以升學為主，而且這個運動又很容易受傷，所以她媽媽到現在還是很不安，擔心這個選擇是錯的，又怕漢娜會因為這個選擇而出事。」

我回想之前看過的漢娜和總監：對女兒的狀態過於戰戰兢兢的母親，還有對這種狀況感到厭煩的女兒。確實就是貞媛說的那樣。

「不過漢娜真的打得很好。她雖然比我晚開始很多，卻很輕鬆就追過我了。學校對她的期待也很高，覺得她會成為下一屆奧運金牌得主。她媽媽白擔心了。」

我邊聽邊點頭，另一方面又想到總監最在意的事。如果健康真的出了問題，可不容許忽視。

「最近漢娜的健康狀況很不好，這件事妳怎麼想？」

「漢娜有完美主義的傾向，只要遇到重要的比賽，就會非常緊張，比如肚子痛、全身痠痛、做惡夢。不過比賽一開始，她又表現得比誰都好。很完美。這次也是一樣，因為即將有一場重要的比賽，所以她才會出現類似的症狀。」

貞媛說的症狀和總監講的一樣。即使是同樣的症狀，在朋友兼隊友的眼中看來，也可能不是什麼大事。

「漢娜媽媽不太清楚。因為她希望女兒能做到完美無瑕，所以一直帶她去醫院，但醫院又檢查不出什麼，於是就找巫女之類的人過來。她這種態度反而讓漢娜更辛苦。

其實別管她會比較好。」

她提到「巫女之類的」讓我的心頭瞬間一震，因為她明顯就是在講我們。

「所以我希望妳們不要再介入了。不要折磨她。」

列車靠站了。車門一打開，貞媛就趕緊下車。雖然門一關上，貞媛的背影就消失不見，她說的話卻留了下來，導致我心情相當沉重。我們這麼做讓漢娜很痛苦嗎？欺騙大人，折磨孩子，難道就是「巫女姐姐」和我在做的事嗎？

我心慌地亂滑手機，點開通訊軟體的應用程式，試著傳幾個字給「巫女姐姐」，但很快又把內容全都刪除，把手機重新放回口袋。快速奔馳的列車窗外，只有黑漆漆的一片。我把頭靠在門上，注視著那片黑暗。

◊ ◊ ◊

過了一個星期，或者該說，只過了一個星期。因此當總監打電話過來時，我才會特別的驚訝。

「漢娜昏倒了。」

我趕緊跑去急診室。掀開簾子後，我看見漢娜躺在病床上的模樣，最先注意到的就是她的臉。才只過了一星期，她的臉就瘦了好多，臉頰都凹陷下去了，臉色也像死人那樣黯淡無光。這副樣子糟糕到任誰來看都不會覺得她身體健康。「巫女姐姐」率先打破突發狀況造成的沉默。

「發生了什麼事嗎？」

「大概是從四天前開始吧，她沒辦法正常飲食，一直在嘔吐。今天早上說頭暈，結果就突然暈倒了，當時我如果不在家的話就完了。」

「醫院怎麼說？」

「他們說查不出原因。就是因為壓力太大。」

總監摸著漢娜的臉頰說道。漢娜只是無力地眨著眼睛，沒有什麼反應。總監幫女兒蓋好被子後，突然轉過頭看向「巫女姐姐」。

「漢娜怎麼會這樣？她是被鬼附身了嗎？」

「不是。」

「那是怎麼回事呢？怎麼會毫無理由就變成這樣？」

「我也是第一次遇到這種狀況，很難跟妳說什麼……」

「都三個星期了，但是狀況為什麼沒有好轉，反而越來越糟了？我買了符咒，也給錢讓妳們多注意她，不是嗎？妳們什麼都沒做嗎？」

「媽媽，我沒事……」

「哪裡沒事！」

漢娜勉強擠出聲音來，卻被總監直接打斷。

「做點什麼吧！不管是寫符咒還是驅鬼。既然收了錢，就要做事啊！」

總監的聲音響遍了整個空間。我嚇了一跳，愣愣地觀察「巫女姐姐」的眼色，但她只是稍微低下頭，臉上沒有任何表情。

「……我會再檢查一遍。」

短暫的沉默之後，「巫女姐姐」這樣答道。我們離開病房，往總監的家裡去。

「找找看符咒，說不定還有上次沒找到的。」

一打開大門走進去，「巫女姐姐」就開口這麼說。我們找遍了所有的角落，不光那些之前黏過符咒的地方，還有沙發和床之間的縫隙、衣櫥和抽屜裡面，甚至連漢娜的房間也都找過了。但奮鬥了幾個小時還是什麼都沒找到，一無所獲。

我為了搬動傢俱用了不少力氣，還吃了一堆灰塵，整個頭暈乎乎的，於是在客廳的沙發坐了下來，暫時休息一下。「巫女姐姐」似乎不覺得疲憊，一個人把電視往前移，正在檢查被電線和灰塵弄得雜亂不堪的角落。

「為什麼問題一定是出在符咒上？」

我看著正在努力尋找的「巫女姐姐」的後腦勺，拋出了這個問題。

「哪有為什麼？」

「也可能是其他東西啊，或是用其他方法。」

「巫女姐姐」停下手上的動作，甩甩手答道：

「確實有可能。不過，打從一開始，這個家裡的符咒就特別多，不是嗎？要隱藏邪惡的氣息，符咒是最容易的，而且也很容易偽裝成正常的包裝。」

「如果是偽裝的話，會不會是要詛咒總監的？」

「那也有可能，她做生意時感覺跟很多人結了梁子，但那股邪氣很可能錯跑到漢娜身上了。」

「原來如此……」

我沉思了一會兒。總監和漢娜都會在的地方就只有住家，這裡的某個地方一定有符咒，但怎麼找都找不到。說不定是我們漏掉了哪裡，又或者是哪裡想錯了？我有種走入迷宮的感覺。

「如果一開始的目標就是漢娜呢？」

這時，「巫女姐姐」突然從位置上站起來說道。她回過頭來，雙眼裡綻放出光芒。

「有些詛咒不見得是針對當事人，反而是將惡意對準他的家人。如果一開始目標就是漢娜，那我們還有一個地方沒有找。」

「哪裡？」

「漢娜待最久的地方。」

「難道說……是學校？」

「走吧！」

我們馬上開車前往漢娜的學校。停好車後，我迅速環顧了一圈校內的狀況。時間有點晚了，不曉得孩子們放學了沒，但運動場上似乎還有人在訓練，有些學生在跑道上跑步，也有一陣陣吵雜的聲音從建築物裡傳出來。我們趁著警衛和教職員沒看到的空檔溜進校舍裡，找到了漢娜所屬的二年三班。空教室的門敞開著。

「學生都不在，可以進去嗎？」

「我去檢查座位，妳去翻漢娜的置物櫃。」

「巫女姐姐」彷彿沒聽見我的話一樣，直接走進教室裡開始找漢娜的座位。我也畏首畏尾地掃視教室內部，看到旁邊和後面的牆面放置了狹長的置物櫃。我一一查看後，在靠近後門的那一格找到了「漢娜」的名字。本來我想立刻打開來看，但還是有些良心不安，於是回頭看向「巫女姐姐」，問道：

「……真的要翻嗎？」

「嗯，動作快點。」

「巫女姐姐」已經從書桌的抽屜裡拿出教科書在檢查了。即使如此，我還是有些猶豫，「巫女姐姐」注意到後，抬起頭來用嘴型對我下命令：「給我翻。」我忍不住思考該怎麼將那句話聽成別的意思，但最後還是乖乖地把置物櫃的門打開來。與我的擔心不同的是，裡面沒有任何讓人印象深刻的東西：訓練服、水瓶，還有幾本教科書，這些就是全部的內容物了。「巫女姐姐」好像也什麼都沒找到，表情不太好看。

「妳們是誰？」

這時熟悉的聲音傳到耳邊。貞媛正站在教室的後門，臉上還在滴汗，看來是運動完剛回來。

「嗨，貞媛。」

我本來想揮手跟她裝熟，但貞媛只是緊皺眉頭盯著我看。我難為情地把手放下來，悄悄關上置物櫃的門。貞媛大步走向「巫女姐姐」，把她手裡拿的筆記本搶了過去。

「妳現在在幹嘛？誰同意妳們過來的？」

「我們是得到允許才進來的。」

面對貞媛尖銳的問題，「巫女姐姐」如此答道。

「漢娜應該沒有允許妳們翻她的座位吧？」

「漢娜的母親同意了。」

「但漢娜沒有同意啊！」

「這都是為了她好。」

「……愛說笑。」

兩個人看著對方，都沒有要退讓的意思。安靜的教室內充滿了緊張感。正當我猶豫該不該勸一勸時，外面傳來了喧鬧聲。

「這個時間怎麼會有校外人士？」

幾名學生在後門附近徘徊，探頭探腦。看來似乎還有其他留下來訓練的孩子。「巫女姐姐」也察覺到該趕快離開了，於是看著我輕輕點了點頭，快步朝後門的方向走去。我也跟在她的身後，努力忽視依然用冷漠眼神盯著我們看的貞媛，以及其他在竊竊私語的孩子。

這時，後面有人低聲說了一句：

「……我最討厭妳們這種人。」

那是貞媛的聲音。「巫女姐姐」停頓一下後，頭也不回地加快腳步，快速離開了走廊。

◇　◇　◇

「現在該怎麼辦？」

離開學校後，我們走向停車場。「巫女姐姐」思考片刻後說：

「應該再找找漢娜的隨身物品，說不定會找到些什麼。」

雖然「巫女姐姐」回答問題時總是很爽快，但她剛剛的回覆聽起來沒什麼自信。到目前為止都沒個明確的結果，這也是沒辦法的事。

「不過目前為止什麼都沒找到啊！」

「可能是我們漏掉了。」

接著是一陣短暫的沉默。當對話出現空檔，我自然而然地望向周遭的風景。運動場上鋪著翠綠的人工草皮。我的腦中浮現漢娜和貞媛從這裡閒晃過去的樣子，忍不住停下腳步。

「……萬一沒有問題呢？」

「巫女姐姐」轉過頭來看我。

「如果她只是因為比賽很緊張，壓力很大才那樣，如果真的沒有任何問題，那該怎麼辦？」

「巫女姐姐」靜靜地盯著我看了一下，然後回過頭去。

「我也不知道。」

語畢，她又繼續往前走。沒多久，來到了停車的地方，我們再次驅車回到醫院。抵達病房門前時，我還想先深呼吸一口，結果「巫女姐姐」直接就打開門走進去。睡著的漢娜臉色看起來好多了。總監看到我們，從位子上站了起來。

「家裡和漢娜的學校都找過了，還沒發現造成目前狀況的原因。」

「巫女姐姐」這麼一說，總監的臉色變得更難看了。

「那該怎麼辦？就這樣放著不管嗎？孩子病懨懨的難受得要死，什麼都不做嗎？」

「也有可能是一時的現象。首先讓她專心恢復狀態，然後也照常參加比賽，這樣感覺比較好。我會在旁邊守著，不讓壞事發生。」

總監再次跌坐在椅子上，不斷地用手搓臉。她長嘆了一口氣。難道她又要發火了嗎？她如果丟東西該怎麼辦？雖然我很不安，但總監什麼話都沒說。她把手放下，那表情讓我有些意外。總監的眼眶紅紅的。

「……只要是為了漢娜，我什麼事都可以做。她就是我這麼寶貝的女兒。所以，拜託妳們，一定要守護我們漢娜。」

她哽咽的聲音在病房裡傳開來。我既不是漢娜的家人也不是她的朋友，只是在幾星期前才因為工作而初次認識她，但在這一刻，我似乎能深切感受到總監的心情，眼前是一片茫然的擔憂和什麼都做不了的無力感。我只能懇切地希望漢娜早日恢復。

◊ ◊ ◊

幸好漢娜隔天出院後，很快便恢復到原本的狀態，馬上就能重新投入訓練。距離比賽只剩下一星期。我們不時跟漢娜通話，確認她的狀態，但似乎都沒什麼問題。這麼看來，應該能順利地參加比賽吧！當我安心下來時，總監在比賽前一天無預警地拜訪了算命店。

「漢娜的教練住院了。」

這個消息很突然。總監說，教練昨天晚上喝醉酒，在回家的路上被車撞了。

「學校方面表示這次本來就只有漢娜要出賽，所以打算派班導師同行，我明天也要出差，沒辦法去現場，總覺得有不好的預感……」

總監的聲音顫抖，雙手無處安放，看來的確比平常更不安。「巫女姐姐」馬上答道：

「別擔心，我會待在她旁邊。」

總監的臉瞬間明亮了許多，還說她會跟學校說明，讓「巫女姐姐」能作為教練代理人陪同漢娜一起去參賽，並且多次拜託「巫女姐姐」多多照顧漢娜。

隔天，我們依約帶著漢娜前往比賽會場。「巫女姐姐」在路上一直對坐在後座的漢娜叮囑個不停。

「身體如果不舒服或是有異樣就要馬上說。」

「講得好像妳是醫生。」

「別吃奇怪的東西。」

「我都知道啦！」

「如果有陌生人靠近，馬上就聯絡我們。」

「陌生人幹嘛靠近我？」

「就算接近的是認識的人，也要跟我們說。」

漢娜無語地笑了。雖然她的態度和平常沒什麼兩樣，但表情似乎有些微妙的僵硬。看來她難免還是有些緊張。抵達比賽場地後，漢娜進了選手休息室。我們在車上稍微休息了一下，等比賽時間接近時，才前往相關人員的座位區。由於這是學生的比賽，所以觀眾很少，場內相當冷清。我們看了看周遭的環境後，在位置上坐了下來。場內廣播正在提醒男子高中部的比賽即將開始。

「看來比賽要開始了，有點興奮耶！」

「妳是來玩的嗎？」

「我第一次看拳擊比賽。妳之前有看過嗎？」

「我？我之前打過。」

雖然我想再多問些問題，但比賽馬上開始了。我正在看擂台上緊張的對峙，這時手機傳來了震動。是漢娜打電話過來。

「掛在我包包上的玩偶鑰匙圈不見了，好像掉在車上，可以幫我拿過來嗎？」

「鑰匙圈？」

「對，我沒有那個不行。」

漢娜的聲音聽起來很焦急。我跟她說知道了，然後跟「巫女姐姐」拿了鑰匙，往車子那裡走去。我打開門看了看後座，的確有一個小小的熊頭玩偶鑰匙圈，造型跟地鐵上那群孩子掛的鑰匙圈很像，應該也是貞媛的作品。她們說這個鑰匙圈的意義跟符咒一樣，看來是在重要的比賽時一定要帶在身邊才能安心。

我拿了鑰匙圈後本來轉身就要走，卻突然感覺玩偶背面有一種凹凸不平的觸感。我把它翻過來一看，發現中間有一條拉鍊。看到拉鍊時，忽然有一股強烈的衝動要我「打開來看看」，總覺得必須確認裡面有什麼東西才能滿足我的好奇心。我稍微猶豫了一下，最終還是拉開了拉鍊。

棉花裡塞了一個紅色的小信封袋，正面印著「達成願望」的字樣，背面手寫了「給漢娜」幾個字。我打開信封，看見一張摺得皺巴巴的紙，熟悉的黃色紙張配上紅色的字體。是符咒。不過，上面寫的是陌生的內容。達成願望的符咒是人氣符咒，所以我也知道要怎麼寫，但現在我手裡的符咒上寫的內容跟以往熟悉的完全不相同。

我拍了一張符咒的照片，然後按照原樣把它摺好放回去，接著快步前進，找到休息室後走了進去。我小心翼翼地打開門，穿著比賽服裝在暖身的學生紛紛看了過來。漢娜跑了過來，從我這裡把鑰匙圈拿走。

「謝謝。」

「很快就輪到妳上場了吧？」

「對，我緊張死了。」

漢娜勉強地笑了笑。我說了幾句話鼓勵她後，打開休息室的門正打算離開。這時，有個人著急地跑進來，我的身體連忙往後閃避。跑進來的是貞媛。她微微跟我點個頭後，就往裡面走去。我出來後，留了一絲門縫，從縫隙中觀察休息室內的狀況。

貞媛走向漢娜。她揉揉漢娜的肩膀，好像還說了幾句加油的話，然後伸手遞出某個東西。漢娜聽了貞媛的話後，把那個東西放進嘴裡吃掉了。

那是什麼？距離有些遠，看不太清楚。一個小小、圓圓的東西。巧克力？當我正在思考時，貞媛突然朝這邊轉過頭，我反射性地躲到旁邊的牆後，心裡同時想著，得趕快告訴「巫女姐姐」才行，於是匆忙地往觀眾席走去。

◊　◊　◊

「妳說這個放在漢娜的鑰匙圈裡？」

「對，上面寫著達成願望，內容卻不一樣。」

「巫女姐姐」把我拍的符咒照片放大後，盯著看了好一陣子。

「這是詛咒的符咒。」

「詛咒？」

「嗯，書上沒有這個，妳應該不知道。這是巫女之間私下流傳的詛咒用符咒，意思是『所盼之事會失敗』。知道這是誰寫的嗎？」

「上面沒有標示。對了，還有剛剛……」

我把在休息室目睹的狀況轉達給「巫女姐姐」，也就是漢娜吃了貞媛給的類似巧克力的某樣東西。說出來的同時，我心裡又在想這大概沒什麼事，或許是我自己想太多了。然而，「巫女姐姐」的表情非常嚴肅，把我的希望澆熄了。

「妳說漢娜現在人在哪裡？」

「在休息室，但比賽快開始了……」

這時，廣播聲響起，內容是提醒觀眾女子高中部的輕量級比賽即將開始。很快地，漢娜和對手站到了擂台上。

「要馬上阻止她才行。」

「巫女姐姐」從座位上起身，看起來像馬上就要跑過去。我嚇得抓住她的手臂。

「不行，漢娜那麼努力地準備了比賽。」

「等事情發生就晚了，她現在就得下擂台。」

「也可能是我看錯了。先觀察看看這場比賽吧！」

「巫女姐姐」猶豫了一下後，坐回位子上。她似乎打消了跑上去打斷比賽的念頭，但看向擂台的眼神依然相當犀利。我也一樣覺得很不安。

第一回合開始了。雙方展開了幾次攻防試探對方，但並沒有什麼特別的亮點。三分鐘就那樣過去了，所幸漢娜看起來沒有異常。應該可以稍微放心下來了吧？

短暫休息之後，第二回合開始的鈴聲響起。與此同時，對手展開猛烈的攻勢，漢娜也不甘示弱地朝對方的頭部揮拳。後來兩個人的身體緊貼在一起，最終判定攻擊無效。她們在裁判的手勢提醒下拉開距離，隨後對手朝漢娜的頭部連續使出好幾記上勾拳。

漢娜轉過身去，停下動作。裁判在漢娜眼前數秒，確認她的狀態後，重新開始比賽。之後雙方維持一定的距離，反覆做出試探性的攻擊。然而，漢娜的姿勢看起來有些不太穩定。她好像沒辦法穩住重心，身體搖搖晃晃的。是因為剛剛挨打的衝擊力太大了嗎？在我變得更擔心之前，第二回合結束了。

我看向旁邊，「巫女姐姐」正在咬指甲。這是我頭一次看到她這麼焦慮。原本我想跟她搭話，後來還是作罷，因為最後一回合馬上要開始了。

鈴聲一響，對手就展開猛烈的攻勢。她出拳後又立刻後退，並接著對漢娜使出勾拳。漢娜一邊防守，一邊拉開距離。繼上一個回合之後，漢娜一直處於劣勢。這時，漢娜突然對朝自己靠近的對手展開瘋狂的攻勢，局勢瞬間逆轉。對手被漢娜的氣勢壓過去，一路退到角落，甚至沒辦法好好防守，一直在挨打。裁判正想靠過去，但漢娜用力地揮出一記上勾拳。這是一個有效攻擊。對手一個踉蹌，靠在擂台圍繩上暈了過去。她看起來不僅站不起來，甚至連要移動都有困難。裁判過去確認選手的狀態後，做出比賽結束的手勢。漢娜贏了。

對手被扶下了擂台，裁判舉起漢娜的一隻手臂。現場觀眾的零星掌聲在四處響起。

然而，漢娜的狀態有點奇怪。展開攻擊的明明是她，現在反而搖搖晃晃地在擂台上轉圈圈，看起來像是挨打了一樣。接著她突然在擂台中央停下來，抱住自己的頭。裁判注意到異常後，走到她身旁。就在這時，漢娜突然撲向裁判，咬了裁判的耳朵。太奇怪了，那模樣就像……

「是惡鬼。」

「巫女姐姐」跑了出去。我四處張望，不曉得該怎麼辦。上方的觀眾席傳來喧鬧聲。

「怎麼了？」

「發生什麼事？」

不能讓大家目睹這個場景。我滿腦子只有這個念頭。我從座位上站起來，焦急地環顧場內。這時我發現後面的牆壁上有消防栓箱，趕緊跑過去，用力按下火災警報器的按鈕。刺耳的警報聲響起。觀眾席的騷動變得更大了。

「有緊急情況發生，請馬上避難！」

我朝觀眾席喊了好幾聲後，有個人從後方座位往外跑了出去，其他觀眾也跟在他後面，一起開始朝外面疏散。我趁機拿起滅火器，往擂台噴過去。傳遍各處的警報聲和模糊不清的視野，讓場內陷入一片混亂。

我看觀眾疏散得差不多後，馬上跑向擂台。裁判的耳朵鮮血直流，正痛苦地不斷哀嚎。擂台旁邊不知所措的兩名工作人員看到那場景後，也大叫著跑掉了。「巫女姐姐」正在制服暴走的漢娜。現場陷入一團混亂。

「巫女姐姐」把漢娜的雙手扣在背後，將她撂倒在地。漢娜發出詭異的哭聲，像野獸那樣搖晃身體。

「我的口袋裡有符咒！」

聽到「巫女姐姐」的呼叫聲後，我也快步跑上前爬上擂台。她們兩人緊緊纏鬥在一起時，我悄悄從「巫女姐姐」的外套口袋裡拿出驅逐惡鬼的符咒。「巫女姐姐」迅速伸出原本扣住漢娜手臂的左手去拽她的脖子，然後右手伸向我，打算接過符咒。就在這瞬間，漢娜用力搖晃身體拚命掙扎。她的力氣突然增強，迫使「巫女姐姐」放開抓住她的手，結果大力地與漢娜的頭正面相撞。

衝擊力似乎太大了，「巫女姐姐」無法穩住身體的重心，整個人搖搖晃晃的，血從她的鼻子流了出來。我不知所措地拿著符咒，在兩個人周遭打轉。這時，漢娜慢慢坐起身來，把視線投向我，然後連逃跑的機會都不給，立刻朝我衝了過來。不行。漢娜都已經跑到跟前了，我的身體還僵在原地無法動彈。這時，「巫女姐姐」從漢娜的身後抱住她，把她撲倒。結果我的身上壓著漢娜，而漢娜的身上騎著「巫女姐姐」。

「放進嘴巴裡！」

「巫女姐姐」一手控制住漢娜的身體，一手抓住漢娜的下巴，朝我大聲喊。眼前的漢娜發出低吼聲，彷彿隨時都會咬我一口。我看著她，慢慢將手上的符咒往她的嘴巴靠近。為了不被她咬到手，我用手掌把她的鼻子和上嘴唇往上推，然後把符咒塞進她的嘴巴深處。

漢娜發出痛苦的哀號聲，拚命扭動身體。我趁機把被壓在下面的身體往旁邊抽出來。漢娜一直掙扎個不停，所以即便受到衝擊，「巫女姐姐」依舊牢牢固定住漢娜的身體。沒多久，漢娜從口中吐出珠子後就失去意識昏過去。「巫女姐姐」也累得起不了身。

我一心想把往擂台角落滾去的珠子撿起來，於是站起身來跟了過去。珠子滾下擂台後，不知道是不是遇到了斜坡，完全沒有停下來的跡象，一直往外滾動，一路滾進大門微微開啟的縫隙裡。當我走過去想找珠子，透過雙開門上其中一側的小玻璃窗，看見某個人站在對面。

那是個女人，年輕的女人。那張看著我笑的臉，彷彿在哪裡看過。那一瞬間，我整個人僵住了，已經遺忘的恐懼再次席捲我的全身。

是那個人。那個輕易殺死隔壁家的男人，然後跟到我家、嘲笑我之後就離開的女人。那張初次讓我認識到惡鬼的存在、害我被惡夢糾纏好幾個月的臉，現在就出現在玻璃窗的對面。

我慢慢地眨了眨眼睛。不見了。玻璃窗對面現在只能看見走廊的牆壁。是我看到幻覺了嗎？我小心翼翼地推開一邊的門。果然不在了。我彷彿被鬼摸了腦殼一樣整個人昏昏的。不過，珠子果然消失不見了。我找遍了地上也沒看到。帶著一絲希望，我一邊找、一邊往走廊深處走去，結果側邊的那條走廊上有人。貞媛正癱坐在黑漆漆的走廊上。

「……都結束了嗎？」

她微微笑著說到。她的眼神相當空洞，跟她平常有活力的樣子完全不同。我什麼話都接不了，只是靜靜地站在貞媛的面前。這時身後有人靠近，「巫女姐姐」正一跛一跛地朝我們走來。她臉上到處都是血的痕跡，應該是用衣角簡單擦了一下鼻血。

「……是妳做的嗎？」

「巫女姐姐」抓住貞媛的肩膀。

「是妳做的吧？放符咒，還有讓漢娜變成惡鬼。」

貞媛沒有回答，看起來像是靈魂出竅了一樣。

「妳做的一切都會回到自己身上。妳會痛苦到生不如死，承受加倍的代價……」

貞媛的眼神似乎因為「巫女姐姐」的警告而有所動搖。但即使如此，她還是在短暫的沉默後，勉強開口小聲說道：

「無所謂。這是我的願望，我唯一的……」

「巫女姐姐」與我聽到後，什麼話都沒有說，寬闊的比賽場內只有一片寂靜。

設計師惡鬼退散符

高中拳擊選手張漢娜在比賽結束後衝向裁判，撕咬裁判的耳朵至部分肌肉組織脫落，因為涉嫌施暴而接受警方的調查。悲劇的是，除了我們之外，沒有人知道漢娜是因為被惡鬼附身才會做出那樣的舉動。

這起事件經由媒體報導後，迅速地傳開來。下屆的金牌得主竟然像野獸一樣咬傷裁判的耳朵，毫無疑問會成為人們熱烈討論的話題。漢娜被懷疑用了禁藥。考慮到她在比賽中展現的爆發性力量，有這樣的輿論發展也是很自然的事。然而，即使經過多次檢測，他們還是沒在漢娜身上檢測出藥物，於是大眾懷疑的目光轉移到其他人物身上。有一號人物從比賽開始前就跟漢娜待在一起，事件發生後也立刻跑上前制止。但是她不僅出手阻止，甚至還對漢娜施暴，把她打到失去意識。那個人就是巫女Youtuber：「巫女姐姐」。

這件事的起點源自一個影片。火災警報器響起後，我以為觀眾全都離席了，結果有人拍攝了「巫女姐姐」和漢娜扭打的影片，上傳到網路上。那個人刪掉漢娜看起來不正常的畫面，只集中剪輯了「巫女姐姐」制服漢娜的畫面。影片在網路上公開後，大眾一窩蜂地湧現，各自展開推理。

「明明沒有服用藥物，選手怎麼會做出那種不像話的行為？」

「選手和巫女是什麼關係？」

「巫女為什麼要對選手施暴？」

人們把許多疑惑和線索連在一起，各自尋找答案。

「巫女洗腦選手，企圖教唆殺人，事情失敗後便對選手施暴。」

大家之所以會推導出這種不像話的結論，是有證據的。

－她總想背著我和女兒單獨見面，還隨便亂翻我們的房間，甚至跑到學校翻女兒的個人用品。根據同學的說法，漢娜經常受到ＸＸ的威脅……我應該要保護好女兒才對。

這是新聞中播放的採訪片段。雖然打了馬賽克，也做了變聲處理，但那個人鐵定是英珍妮斯的總監。她的說辭全是捏造的，甚至她還在鏡頭面前流下眼淚。我想起總監之前說過的話：

「只要是為了漢娜，我什麼事都可以做。」

沒錯，她的確什麼事都可以做。混淆真相和謊言，毀掉一個人的人生，對她來說又算什麼。

這起事件引來了一批人。那些人專門製作批評和嘲笑「巫女姐姐」的影片。他們任意剪輯「巫女姐姐」說過的話，捏造不實內容，企圖透過那些「巫女姐姐」從未說過的話把她搞垮。這就是他們製作影片的唯一目的。

有幾個人或許是素材不夠，甚至跑去挖「巫女姐姐」的過去：她本來是備受矚目的拳擊選手，退役後才跑去當巫女。她以前參賽的影片或照片都被上傳到網路上。雖然能被證實的只有這些內容，但傳聞完全沒有消停的跡象。其中一個 Youtuber 採訪了「巫女姐姐」的高中同學，他在影片中表示，「巫女姐姐」當年是因為牽扯到暴力事件，才會被剝奪選手資格。結果，原本熱度就很高的爭議事件，彷彿被澆了油，以驚人的火勢蔓延開來，更多人加入進來，到處傳述不知道是真還是假的內容：她被鬼附身後到處打人；她因為暴力事件受到天譴而中邪；她之前想讓張漢娜選手被鬼附身……

那些專門評論爭議事件的 Youtuber，依大眾的期盼隨意捏造荒唐的內容，記者則直接照搬去散播，導致事件越鬧越大，大眾則樂於把這些醜聞當作茶餘飯後的話題。八卦的火苗絲毫沒有消滅的跡象。

「巫女姐姐」如果能說些什麼就好了。如果她清楚地表明立場，不是的就否認，狀況應該會比現在好一些。但自從事件發生以來，「巫女姐姐」就像不存在的人一樣，什麼話都不說。如果她至少有跟我說些什麼就好了，但我也一樣聯繫不上她。真是讓人心急如焚。結果我只能每天到辦公室等「巫女姐姐」現身。

今天我也是在辦公室裡無限期地等待，等著等著就睡著了。睡夢中，我隱約聽見按密碼鎖的聲音，於是醒了過來。我睜開沉重的眼皮，發現室內一片昏暗。看來太陽已經下山了。黑暗中，我看見某個人的身影。

「妳怎麼在這裡？」

熟悉的聲音，是「巫女姐姐」。雖然這張臉我苦等了許久，但隔了一星期後實際見到了，又什麼話都說不出口。該說什麼呢？我猶豫了一會兒，問了我自己都覺得很幼稚的那種問題：

「……為什麼我都聯絡不上妳？」

「狀況太混亂了，沒能顧上，而且我還要接受警方調查。」

「警方調查」這個字眼讓我的心瞬間一沉。「巫女姐姐」可能是看到了我的表情，她補充道：

「別擔心，我請了律師，不會有什麼大問題。」

我應該安慰她的，結果反而被她安慰。真丟人。我張開口想說點什麼。

「有沒有我能幫得上忙的？雖然應該沒什麼我能做的，但如果有的話……」

「關於這部分，我正好有話想跟妳說。」

「巫女姐姐」醞釀了一下。雖然猜不到她要說什麼話，但我還是緊張到口乾舌燥。

「我們不要再繼續一起工作會比較好。祝妳一帆風順，還有這段時間謝謝妳了。」

◊　◊　◊

又被開除了。這已經是第二次。在勞動彈性化低落的國家，我竟然連續兩次遭到開除，真了不起。我不禁笑了出來。

被解僱後才不過一個星期，我就成了一個廢人。別說外出了，我甚至連澡都不太洗，只是一直把自己關在房間裡。雖然家人有問過我為什麼不去上班，但在看到我的狀態越來越糟後，就不再多問了。夏貞肯定已經透過新聞得知「巫女姐姐」就是我的雇主，但她什麼話都沒說，這讓我相當感激。

再次失業後，心情變得很複雜。我一方面埋怨雇主的無情，質疑她怎麼能這麼輕易把人趕走，還有真的不該在員工不到五人的公司裡工作等等；一方面又很擔心她。因為我知道「巫女姐姐」開除我的理由。不是因為我工作能力很差，或是態度懶散，在「巫女姐姐」沒看到時候做別的事情，而是因為她不希望身為普通人的我跟她牽扯在一起而受到傷害。沒有一則新聞報導提到了我的存在，從這一點就能看出來：「巫女姐姐」把我藏了起來。

這讓我覺得更加悲哀。自己好像變成了一個什麼忙都幫不上的，沒用的人。只能眼睜睜看著同甘共苦的人墜落，簡直跟拷問沒有兩樣。我想做點什麼。不過，沒有什麼是我能做的。

不對，雖然很微小，但還是有一件事是我可以做的，那就是找出那些毀謗「巫女姐姐」的人，在他們的影片下留言罵人。

有一個頻道叫「驢耳朵TV」。他是專講爭議事件的Youtuber，特徵是長了一對戴驢面具也遮不住的大耳朵。他就是那個最先把「巫女姐姐」的過去挖出來賺取利益的人。我克制不了滿腔的怒火，於是跑到他的頻道連續留下好幾個批評的留言，追究影片內容的真偽。一開始我的留言似乎被刪除了，但我在每支影片下都寫滿類似的留言，到了驢耳朵無法忽視的程度，迫使他開始反擊。

一開始我和他都還是保持理性在討論，用批評來偽裝指責，但隨著舌戰越來越長，我們的對話也開始變質，展開露骨的人身攻擊。我在留言中把那個人比喻成「在屍體上盤旋的蒼蠅」後，他好一陣子都沒再回覆我。贏了嗎？雖然我自己慶祝了這場不光榮的勝利，但幾個小時後，他的回覆讓我大吃了一驚。

「你是『巫女姐姐』頻道的管理員吧？」

我只用這個帳號在頻道上發過一次公告留言，沒想到這件事被驢耳朵查了出來。於是這名Youtuber和他們的粉絲開始一窩蜂主張「巫女姐姐」指使自己的員工製造輿論。

我關掉電腦，看到倒映在黑色螢幕上的臉龐相當憔悴。我到底在做什麼啊！不僅沒幫上忙，反而讓「巫女姐姐」的處境更加艱難。不能再這樣下去。我翻開筆記本，打算整理思緒，希望能釐清事情為什麼會變成這樣，搞明白到底是從哪裡開始出錯的。

表面上的問題是漢娜咬了裁判的耳朵，以及「巫女姐姐」對漢娜施暴。不過，事件的起源其實是貞媛寫了詛咒符咒送給漢娜，並且讓她被惡鬼附身。

貞媛為什麼要這樣對漢娜？嫉妒？自卑？不對，就現在的情況來說，原因並不重要。我想知道的是，貞媛是「如何」做到這種事的。她不像漢娜一樣是有錢人家的小孩，只是個練體育的普通高中生，怎麼有辦法拿到符咒和珠子？如果我猜的沒錯，一定是有人刻意把這些東西交給貞媛。說不定那個人也是目前為止發生其他惡鬼事件的原因。

我突然想起了一張臉：隔壁鄰居家的那個女人。雖然看到她的瞬間短到讓我懷疑自己的記憶是否有誤，但珠子的確消失不見了。如果不是幻覺，說不定那個女人和目前為止發生的事件都有關。

我想跟「巫女姐姐」說我看到和聯想到的事，但是她依然不接電話。不曉得她是不是刻意跟我保持距離。我決定了。天亮之後就去一趟算命店。就算會花上幾天的時間，我也要等到「巫女姐姐」，面對面直接跟她說，然後也會跟她表明我的意志：我是不會辭職的，我要留在她身邊幫忙。

隔天，我去了辦公室。「巫女姐姐」果然沒過來，大門鎖得死死的。就在我像平常那樣輸入密碼、正打算打開門時，一個塊頭很大的男人跑過來擋在我前面。

「妳是『巫女姐姐』頻道的員工嗎？」

門關上了。男人把看起來像錄音機的機器堵到我的嘴邊，旁邊還有另一個男人拿著攝影機。這情況讓人一頭霧水。

「請接受採訪。」

「你是誰？」

「記者一類的人。」

記者？像流氓一樣的穿著、破碎的S發音、彷彿要飛起來的輕薄語調——這個男人展現出來的樣子，證實了他絕對不是一名記者。最重要的是……我打量男人的樣貌時，發現他有個部位特別顯眼。那就是看起來比普通人大一倍的耳朵。

「驢耳朵？」

男人的臉上閃過一絲慌張。我沒有錯過那個瞬間。

「對吧？驢耳朵ＴＶ？」

「不是……」

「看你說話的語調和你的耳朵，就是你沒錯。我不接受採訪，你們回去吧！不然我要報警了。」

男人的臉開始漲紅。他吞吞吐吐了一會兒後，突然興奮地說：

「我這麼做是為了大眾的知情權。妳不能因為是員工就包庇，請妳合作。」

「什麼？知情權？」

一股怒火湧上心頭。

「抓人家的小辮子來謾罵別人的人生算什麼知情權，你少來這一套了。你如果堂堂正正的，就到光化門廣場上去喊啊！為什麼要遮住臉拍影片？因為你自知理虧，不是嗎？自稱是揭露真相的 YouTuber，其實影片內容都是自己寫的小說，你以為大家不知道嗎？你乾脆去投稿新春文藝吧你[6]！討厭的蒼蠅！」

我連珠砲似地吐了一長串話後，男人的眉毛抖動了一下。

「……妳是那個管理員吧？」

看來他注意到我剛剛的發言和頻道上的留言用了類似的字眼。無所謂了。越是這種時候，越要表現得很強勢。

「是又怎麼樣？」

「妳之前被我揭穿後，不就夾著尾巴逃跑了嗎？沒想到嘴巴倒是挺能說的啊？」

「你不也把我批評的留言全刪掉了嗎？因為我說的是事實，所以覺得很丟臉吧？」

「喂！我可以挖出妳的個資，把妳封殺、讓妳社死。」

---

6 韓國的傳統文學活動，指媒體或出版社在每年年初舉辦的文學新人徵文比賽，旨在挖掘有才華的新人，獲獎者往往被視為文壇新星，是新人作家踏入文學領域的重要途徑。

「封殺？你試試看啊！比起我，應該是你會先被封殺吧！你覺得有多少人對你懷恨在心？又有多少人討厭你？你只要稍微犯點錯，大家肯定會毫不猶豫地衝上去咬你一口，也沒有人會像對「巫女姐姐」這樣站在你這邊。在現實生活中，只要跟別人說有在看你的影片就會挨罵。大家都在等著看你出事的好戲，那就是你的未來，懂嗎？」

我一口氣把想說的話都說出口。驢耳朵聽得滿臉通紅。

「幹妳真他媽的！」

驢耳朵一邊罵髒話、一邊把手舉了起來。我趕緊用雙手擋在臉前。你打過來試試啊！我一定會告你。我渾身顫抖的同時，覺得事情發展成這樣正好。

然而，在短暫的沉默之後，響起了一陣慘叫聲。我放下手臂後睜開眼睛，發現驢耳朵正發出呻吟在地上打滾，還有個人把一隻腳踩在他的身上。是進出隔壁鄰居家的那個女人，不對，是那個惡鬼。那個突然現身在比賽會場，又突然消失不見的女人。她現在彷彿在證明自己跟這一切都有關聯一樣，出現在我的面前。

女人用腳踹了倒在地上的驢耳朵的肚子後，他突然安靜下來不再呻吟。拿著攝影機將這一幕全都錄下來的另一個男人，似乎是察覺狀況不對，慢慢地倒退走，轉過身去拔腿要跑。女人快速上前，抓住了攝影師的後頸。攝影師想設法掙脫而扭來動去，結果攝影機在過程中撞到女人的頭。她一氣之下，單手就把攝影師舉起來後丟出去。

看起來非常昂貴的攝影機掉到地上，摔成碎片四散各處。倒地的攝影師即便痛苦不堪，仍在為了掙脫女人而扭動爬行。但女人用安靜且緩慢的步伐跟在他身後，最終擋到攝影師面前，用腳大力踩他的頭。

男人發出瀕死的慘叫聲後，很快就再也發不出任何聲音了，而女人的臉上正掛著笑容。

那天的景象又浮現在我腦中。也就是她輕易殺死隔壁家男人的畫面。說不定那樣的事情會再次發生。她殺死那些男人後，下一個目標就是我。我得快逃。我用顫抖的手輸入密碼，打開大門。來不及思考了。想往安全地方逃的本能，占據了我的大腦。

我好不容易進到辦公室裡，卻連喘口氣的時間都沒有，因為我已經聽到敲門的聲音。得躲起來才行。我跑進房間裡打開櫥櫃，把裡面的東西全都拿出來，放進旁邊的箱子裡，這才勉強弄出一個空間來。我鑽了進去，關上櫃子門。遠處傳來兩、三次用力敲打門把的聲音後，又安靜下來。大門似乎被打開了。我的心臟彷彿故障了一樣瘋狂跳動。

「吱」的一聲後，房門被打開了，腳步聲跟著傳了進來。在房裡拖著腳四處走動的步伐，突然停了下來，然後是「喀拉」一聲，原本黑漆漆的櫃子內，突然射入了一道光。

我眨了幾次眼睛後視線才變得清楚，女人的身影也跟著映入眼簾。

女人彎下腰與我對視，朝我伸出了手。我會死，她要用那隻手殺了我……我把眼睛緊緊閉了起來。但與我預期的不同的是，我感覺到她圈住了我的肩膀。我再次睜開眼睛一看，女人面帶著微笑。

「夏容，到我底下來工作吧！」

雖然我很清楚地聽見她說了什麼，但我無法理解那是什麼意思。我一頭霧水地盯著她，於是她再次開口說：

「我也在經營事業。」

女人低頭看著我，同時從口袋裡掏出一個長長的四方型塑膠盒，按下尾端的按鈕後，一顆珠子往外跑了出來。女人用手指捏住珠子。

「妳知道這個珠子吧？從惡鬼身上跑出來的。只要餵人吃下這個，就能讓惡鬼附到人的身上。我會接到委託指名讓某人吃下去，或是給任何其他人吃，用這個方法殺害想殺的人。我專門在接這種委託，或幫人寫詛咒的符咒。如果先寫好符咒，可以更容易讓惡鬼附身。」

女人重新把珠子塞入盒子中，然後把視線停留在我的身上。

「惡鬼是我的專業，但寫符咒不太容易。我希望妳能幫我寫符咒。」

「……我？為什麼偏偏是我？」

「我很喜歡妳寫的符咒。」

女人聳聳肩，似乎這就是全部的理由。不過，我不可能因為這種話就爽快地接受她的提議。她看到我還在發愣，於是又接著說：

「有問題嗎？我會真心誠意地回答妳。」

在這種狀況下難道會想問問題嗎？我這麼想後，突然又想起一個未解的疑問。

「貞媛手上的符咒和珠子都是妳給的嗎？」

「是我。我想只要把她們扯在一起，就能送那個巫女上西天。其實我也沒料到事情會發展得這麼順利。」

我猜中了一件事，那就是貞媛背後的確有推手。但我還是不懂。本來我以為我們是運氣不好才被捲入事件，沒想到是她一開始就刻意要把「巫女姐姐」拖下水。

「妳為什麼要針對『巫女姐姐』？」

她們兩個看起來沒有任何交集。而且她為什麼不惜將昂貴的珠子給高中生，也要設這麼大的局來擊垮「巫女姐姐」？為什麼要花費這麼大的力氣？

「為了把妳帶走。」

「什麼？」

「因為妳跟巫女一起工作，不願意到我底下來嘛！」

「妳是說這一切都是因為我才做的？」

女人點了點頭。這一瞬間，打結的線團解開了。跟她們兩個都有關係的交集就是我，這是明擺在眼前的事實，我卻一直沒有意識到。不過，就算是這樣……

「……妳用講的不就好了？不用搞這種事，只要把我帶走就可以了啊！」

「我講了，但妳不過來啊！」

「妳有提過？」

「我還開了一個帳號，跟妳說會給很多錢來誘惑你，結果妳還是說喜歡現在的公司，最後拒絕我了啊！妳知道我有多難過嗎？」

「等一下，妳是……麗貝卡？」

曾經在求職平台上傳訊息給我的公司老闆——麗貝卡。

「沒錯。我的本名是白花。我取了一個像新創公司老闆的名字。」

雖然女人是用開玩笑的口吻笑著跟我說話，我的身體卻感覺越來越冷。憤怒湧上我的心頭，腦子裡一片混亂。我竟然被這種不像話的把戲騙了。

「所以妳會到我底下工作吧？」

她自信滿滿的語氣只讓我覺得噁心。她把我的周遭搞得一團糟，現在竟然要我到她底下工作，簡直荒謬至極。

「不會，我不去。」

「妳不來？」

「對。」

女人往後退了一步。她雙手抱頭，似乎是受到了打擊，還一邊喃喃自語，一邊在房間裡打轉。接著她突然放聲大叫，把手邊的東西全都拿起來砸到地上，簡直就像一個瘋子。她把辦公室砸得亂七八糟後，稍作一下深呼吸，然後又重新朝我這邊走來。女人的影子落在我的身上。我緊張到動彈不得，只能抬頭看著她。這時，女人用雙手抬起我藏身的櫃子，往旁邊一推。

「哐」的一聲，櫃子傾倒在地，裡面的東西打到我的頭，然後雜亂地掉落到地上。我的腦袋瞬間嗡嗡作響，忍不住伸出雙手抱住頭部。頭部和肩膀的疼痛讓我精神恍惚，後來一陣漫長的沉默迫使我不安地睜開眼。女人像蜘蛛那樣趴在地上，眼裡閃爍著光芒，直盯著我看。她發紅的瞳孔充滿了寒意。

「夏容，聖誕節的時候，妳妹妹被惡鬼附身了對吧？有想過是為什麼嗎？」

「當然是偶然……」

「那是我做的。」

這個意料之外的回答讓我腦中一片混亂。白花很快地接著說下去：

「我安排了人手，讓他們給妳妹妹巧克力。」

她這麼一說，我腦中立刻閃過當時遇到的邪教組織聖誕老人和馴鹿，還有夏貞收到的小禮物盒。我以為只是偶然。

「為什麼做那種事……」

「本來只是想嚇唬妳，覺得妳遇到那種可怕的事情後，就會離開巫女，雖然那個惡鬼不聽話，光是瘋狂在吃東西，結果把事情搞砸了……」

巫女表示遺憾而咂了咂嘴，然後再次瞪著我說：

「我想說的是，這種事對我來說很容易做到，也就是讓妳的家人或朋友被惡鬼附身，或是讓妳被惡鬼附身。」

這顯然是在威脅我，內心深處有股怒火湧了上來。她已經讓我的妹妹陷入了危險，現在竟然還厚臉皮地威脅我。如果辦得到，我真想衝上去跟她打一架。

「我最後一次問妳。妳會到我底下來吧？」

……不過，我很清楚。我辦不到。

「……我去。」

我沒有選擇的餘地。

◇　◇　◇

我的人生中總共有四個上司。第一個是每說一句話都要污衊他人人格的廣告公司經理，第二個是把我當私人祕書的韓經理，第三個是「巫女姐姐」，而第四個就是我的新雇主白花。雖然我只和白花一起工作了三天，但我很清楚，她是這些上司中最糟糕的一個。

工作地點在三成洞一間小房子的五樓空辦公室。她是為了符咒才把我挖過來的，所以我必須一整天像機器一樣畫符咒。不對，白花真的是為了符咒才挖角我嗎？其實她是因為無聊才把我帶過來的吧？我工作的時候，她都坐在旁邊跟我聊個不停，讓我不得不這麼懷疑。甚至，我的反應如果沒讓她滿意，她就會拿出珠子威脅說要餵我，害我的嘴角硬撐到要抽筋，還因為刻意用明亮開朗的聲音說話而導致喉嚨痛得要命。

「夏容，妳知道我為什麼能擁有這麼強大的力量嗎？」

白花剛剛講了一推我完全不感興趣的話題，現在才停下來看著我問道。如果不認真回答，她肯定又要拿珠子出來威脅，於是我絞盡了腦汁。

「是不是您天生就……」

興許是我的阿諛奉承讓她心情變好，她笑嘻嘻地回答：

「那麼說也對，不過還有另一個理由。」

語畢，我們同時陷入短暫的沉默。當我正在著急該怎麼回答，白花很快又開口接著說下去，我也就沒必要再想了。

「我吃了很多心臟。如果連附身到這個身體之前的都算進去，大概吃了幾十個、幾百個……所以不只力氣變強，更重要的是，神智也變得很清晰，就像人類一樣。」

或許是想到吃心臟的回憶，白花舔了舔嘴巴。雖然我看得背脊發涼，但還是盡可能不表現出來。

「多虧如此，我跟那些新手惡鬼不一樣，可以成功混在人群當中，也能像這樣經營事業。不好好使用就可惜了嘛！我用這種能力幫助別人，而且還可以賺到錢，這不是很公平嗎？」

「沒錯，您真的很了不起。」

白花直勾勾地盯著我，所以我只好重複回答她沒有靈魂的答案。不過，白花看起來並無意收回視線。

「符咒也是一樣。有才能就要使用，這樣才對嘛！符咒這種東西即使內容一樣，只要寫的人不同，發揮出來的效果就會有天壤之別喔！」

「原來如此。」

「我啊，看到妳在傳單上寫奇怪的符咒時，就覺得妳很特別。」

原來是在講我啊。她的眼神讓人很有負擔，於是我轉過頭看向遠處，但白花反而靠得更近，還把頭靠到我的肩上。

「大部分的人都察覺不到，但因為我的水準很高，所以能認出妳來，結果卻被奇怪的巫女搶了先機。」

說完這話，白花突然從座位上站起來。

「一想到這個就讓我生氣。那個巫女壞了我的大事，還害我沒拿到錢。明明已經殺死兩個高階主管，另外一個卻失敗了。都是因為那個該死的巫女。」

她提到「兩個高階主管」，是指賣章魚燒的那個時候。當時我也一起驅魔了耶？我的手不禁開始冒冷汗。我觀察了白花的表情，她似乎不知道我也有參與，只是氣喘吁吁地在辦公室裡走來走去。

「她盡是上傳一些奇怪的影片。什麼能有效驅逐惡鬼的符咒製作法？人被惡鬼附身時的三種異常舉動？為什麼要做這種影片？有這樣破壞別人做生意的嗎？」

白花大聲咆哮起來，最後甚至用拳頭敲打牆壁。她捶了幾下後，被打碎的石灰塊掉落下來。

「妳也一起製作那些影片了嗎？」

白花停止出拳，用尖銳的語氣問我。我出於本能地察覺到這題必須答得很快。

「沒有，那個外包了。」

「總之，我一定要把和巫女一起做影片的人類抓起來殺掉。絕對不輕饒！」

白花繼續用腳踹牆發洩怒氣。我再次開始寫符咒，但握著毛筆的那隻手因為顫抖而畫錯了一筆。我偷偷把寫壞的符咒塞到口袋裡，同時心想：這輩子都不能讓她發現我不僅拍攝了那些影片，甚至還負責剪輯。

◊ ◊ ◊

「光是畫符咒很無聊吧？」

白花靠過來問。她剛剛發火了好一陣子，看來現在終於平靜下來了。雖然她這種讓人捉摸不透的情緒起伏實在很累人，但我還是笑著回答，以免她察覺我的心思。

「不會啊，很愉快呢！」

白花突然在我隔壁坐了下來，把我手中的毛筆搶過去：

「我們也來試試看吧？做周邊商品。」

「周邊商品？」

「妳們之前好像有做過什麼。兔子巫女是嗎？還是狗狗巫女？」

兔子巫女。那是我很珍惜的兔子角色。雖然牠是我設計師人生的得意之作，但終究因為不幸的事件而塵封起來。

「妳知道兔子巫女？」

「那是妳做的，不是嗎？」

我很驚訝。除了「巫女姐姐」和親近的朋友之外，沒有人知道這件事。白花或許是注意到我驚慌的表情，又接著說道：

「我怎麼會不知道？那可是跟妳有關的事。要不要重新啟用那個角色，製作新的周邊商品呢？」

「兔子巫女被罵得那麼慘，早就收山了……」

「只要說妳之前受到『巫女姐姐』的欺壓，現在要重新出發就行啦！這樣還會賣得更好呢！」

我嘆了口氣，因為她這個意見並不荒謬，確實具有現實操作性。

「這次要賣什麼好呢？我們來賣真正的詛咒玩偶好了。叫買家寫下想詛咒的對象後，我親自去殺幾個人。這樣口碑傳開來後，應該會賣得很好吧？」

她瘋了嗎？白花滔滔不絕、興奮地提出來的點子，讓我笑都不笑出來。我不想讓我珍貴的兔子變成殺人武器。

「妳怎麼這種表情？不想做嗎？」

白花馬上就察覺異樣，反過來問我。我拋棄自尊心，滿臉堆笑地說：

「不是啦！怎麼可能。這個想法真棒。我來企畫看看。」

「很好。我稍微睡一下，妳認真做吧！」

白花在沙發躺下後，很快就睡著了。雖然她現在毫無防備，但我就算逃走，她也一定會跟上來追殺我。我轉過頭，打開白花給我的筆記型電腦。點開撰寫文件的應用程式後，我不曉得該從什麼開始寫，完全沒有靈感。最後，為了參考之前的產品，我試著登入兔子巫女的社群媒體。登入後最先看到的就是私訊欄位。超過半年沒登入，私訊通知已經有一百個以上了。我慢慢地一個一個看，大部分內容都是在批評蠟燭事件，少數則是在為我加油，希望我能復出。除此之外，還有詢問我是否有意願合作的公關訊息與合作提案，以及「朋友用了『願望成真套組』後變得很奇怪」這種意味不明的內容等等，真的什麼都有。

不管是當時還是現在，大家什麼都不懂。讀完訊息後，我忍不住這麼想。我心裡太過鬱悶，想轉換一下心情，於是把手機拿出來看。解鎖畫面後，我看到一則新訊息通知。

「巫女姐姐」：接一下電話。妳發生什麼事了？

被白花帶過來之後，「巫女姐姐」偶爾會聯繫我。是因為看到算命店被弄的一團糟嗎？雖然我一直在等她聯絡，但我沒有回覆她。我沒辦法回覆，因為白花之前威脅過我，如果被她發現我有和「巫女姐姐」聯絡，她一定不會放過我。除此之外，其實還有一個私密的原因，那就是罪惡感。知道「巫女姐姐」經歷的恥辱和不幸是因我而起，我實在沒辦法接受。我覺得很抱歉，心裡相當煎熬。還有，我也怕「巫女姐姐」知道事情的真相。到時她還會像以前那樣對我嗎？她會擔心我，過來救我嗎？我不敢確定。我就連心中懷抱著這樣的希望，都覺得對她很抱歉。

越想就腦子越亂，但我正要關掉它，手機就傳來了震動。有來電。是「巫女姐姐」打的。我不曉得該怎麼處裡，只好等她自己掛斷。

這時，手裡的手機被人高舉到半空中。

「巫女姐姐？」

白花把我的手機拿走了。震動也很快停下來。白花摸了摸螢幕，把手機放回桌上。我趕緊把它收到口袋裡。

「搞什麼？妳們兩個有聯絡嗎？」

「沒有，她可能是因為稅的問題才打電話過來。我會封鎖她。」

「感覺不是這樣耶，我看她還有傳訊息給妳。」

白花一邊打哈欠，一邊在旁邊的椅子上坐下。我連忙閉上嘴，怕我僵硬的表情會洩漏我的真心。

「妳們見面說說話吧！跟她說妳被新公司挖角，現在過得很好，讓她不要擔心。」

「不用見面也沒關係。」

「為什麼？妳也太無情了吧！」

如果真的見了，妳明明會殺了我。我沒有回答，只是盯著打開的電腦螢幕畫面。

「妳們見一面也挺好的。」

白花喃喃自語道，我驚訝地看向她。她看起來正在沉思。

「妳要我們見面？」

「沒錯，見面以後，打聽看看那個巫女把珠子放在哪裡了。我要把被搶走的全都拿回來。」

「如果突然打聽這個，她一定會覺得我很奇怪，之前我從來都沒問過……」

「妳有技巧地套她話不就好了？真不行的話，趁她鬆懈時，殺了她也可以。」

我臉色蒼白地看著白花。她似乎覺得很有趣，臉上掛著笑容。

「開玩笑的。我可不能讓妳受到太大打擊。」

白花伸出一隻手抓住我的後頸，定定看著我。她瞪大的雙眼發出犀利的光芒。

「所以妳一定要順利把東西拿過來喔！」

這下真的，沒別的辦法了。

◊ ◊ ◊

我在算命店附近的咖啡廳和「巫女姐姐」面對面坐下來。雖然不過十天左右沒見，但還是有種窒息的不適和尷尬。不對，或許只有我有這樣覺得，因為我來是有目的的，那就是要搶走「巫女姐姐」至今蒐集到的珠子。「巫女姐姐」後面的位子，可以看到戴著太陽眼鏡在監視我的白花。明明什麼都沒吃，我卻覺得像消化不良一樣，非常鬱悶。

「幾天前發生什麼事了？」

「幾天前？」

「我去了算命店，發現有兩個男人倒在門口。我把他們叫醒後，他們說是被我的員工打的，鬧得不可開交。」

本來還在想她是怎麼知道的，看來是驢耳朵跟她說的。

「他說跟我的一個員工起了爭執，結果有個像怪物一樣的女人跑出來把他打飛了。跟他起爭執的人應該是妳，但我突然聯絡不上妳，辦公室又變得一團糟，於是我心想，難道是惡鬼現身了嗎？」

這推測實在是準確到讓人起雞皮疙瘩。不過，只要那個惡鬼正用殺氣騰騰的眼神盯著我看，我就沒辦法說出真相。我思考了一下，跟她說明我跟找上門的 Youtuber 起爭執的時候，有個路過的女人剛好幫了忙。雖然她的功夫的確很高，但還不到怪物的程度。這麼說之後，坐在「巫女姐姐」後面的白花滿意地點了點頭。

「都是因為我才害妳遇到這種事。」

「巫女姐姐」小聲說出口的話刺痛了我的內心。她依然覺得是因為自己的關係才連累到我。雖然很想說出實情，但我沒辦法。乾脆換個話題吧！

「……最近還好吧？」

「沒那麼糟糕。一開始事情就不是我做的，只要那些亂講話的人安靜下來就行了。比起這個，漢娜更慘。」

一想到漢娜我也非常心痛。如果我更早一點告訴「巫女姐姐」，如果我在比賽開始前沒有攔住「巫女姐姐」，說不定能阻止這件事發生。不對，如果從一開始那個人不要把珠子給貞媛的話，這些事情都不會發生。

我看了看白花。雖然墨鏡遮住了她的眼睛，但在墨鏡的背後，肯定也無法從她的眼中看見罪惡感。白花動了動手指。她在催促我趕快行動。

我得問「巫女姐姐」珠子放在哪裡，但我開不了口。我從未關心過這件事，不管怎麼開口，好像都不太自然。為了安撫焦急的內心，我沉默地猛灌咖啡。飲料很快就喝到見底，剩下的都是冰塊，只聽見我在吸空氣的聲音。

「既然已經確定妳沒事了，我們走吧？」

不能再這樣下去，我必須想辦法才行。

「我有東西放在算命店，可以回去拿一下嗎？」

我一口氣說出腦袋裡浮現的台詞，「巫女姐姐」笑著說這種問題有什麼難開口的。

◊　◊　◊

從這裡走到算命店大概不用五分鐘。白花隔著一段距離跟在我們後面，我盡可能地放慢步伐，思考該怎麼做。要假裝在找東西，趁機找珠子在哪裡嗎？還是要假裝不知情，直接問問看？但也無法保證那個東西一定在算命店裡，不是嗎？再想下去頭好像要炸開了。

等我們終於抵達算命店時，所有煩惱都消失不見了——多虧了那個站在大門前等候的不速之客。

「現在才回來喔。這個妳要怎麼負責！」

又是驢耳朵。這次他暴跳如雷地指著他頭上纏繞著的繃帶。

「聽說不是我的員工做的。」

「明明就是啊！就是這邊這個女人做的，我兩隻眼睛看得非常清楚。妳在說什麼鬼話？」

男人指著我破口大罵。我除了覺得很荒謬之外，一股不悅的情緒也急速蔓延開來，於是我張口反駁男人的話：

「不是你先動手要打我嗎？要不要追究看看到底是誰的錯？」

「另外還有一個人啊！那人不是保鑣嗎？」

「不曉得你在說誰。我的員工只有一個。」

「巫女姐姐」指著我說道。男人看起來有些慌張，吞吞吐吐地沒辦法把話說清楚，然後又像個瘋子似地左顧右盼。結果他的視線突然停了下來。

「就在那裡啊！妳們的保鑣！」

男人的手指越過我的肩膀指向後方。我回過頭一看，白花正坐在大約距離我們十步遠的長椅上。

「就是那個女人把我踹飛的！頭上還縫了十針，害我沒辦法好好洗澡，生活變得一團糟……」

「巫女姐姐」一聽到男人這麼說後，把視線聚焦在白花的身上。白花一直看向天空，似乎對我們完全沒有興趣，但她那個樣子看起來反而更可疑。「巫女姐姐」無視一旁氣得跳腳的驢耳朵，逕自朝白花走過去。我也擔心地跟過去。

「打擾一下。」

白花那時才抬頭回應。

「啊，好。」

「聽說妳幫了我的員工。」

「是的，沒錯。」

「給妳添麻煩了。」

「沒什麼，她現在是我的員工了。」

「員工？」

「我和夏容因為上次的事情結下緣份。我很欣賞她這個人才，所以一聽到她離職的消息，就立刻挖角過來了。」

「……妳今天是因為這樣才跟過來嗎？」

「我擔心她，因為上次也發生過不好的事。」

白花站得遠遠地指向驢耳朵。他不曉得是不是在害怕，只是臭著一張臉，不敢靠近。

「不過看目前的情況，我好像先回去比較好。沒想到那個人會再過來。都被打成一條狗了……」

白花喃喃說出後面那句話後，站起身來。

「走吧，夏容。」

她在叫我，而且她看過來的視線充滿了壓迫感。必須回去才行。我得往那邊走，跟白花一起離開。這才是最不會傷害到「巫女姐姐」的方法。但是……

「夏容？」

我好害怕。在白花底下工作就像是身邊埋了一顆定時炸彈。她現在雖然把我當員工看待，但只要一個不順心，她隨時都有可能殺了我。我好想抓住，抓住我身邊的這位，唯一可以幫助我的人。但是我憑什麼？我怎麼能？

「怎麼了？」

「巫女姐姐」問我。我的雙腿彷彿釘在地上一樣動都不動。她可能覺得我這樣看起來很奇怪，但我的腳就是動不了。現在我如果離開，這可能真的是最後一面了。

「快點走啊！」

白花語氣不悅地催促我。我必須離開，現在真的……

「走去哪？賠我錢之後再走！妳這個混蛋！」

正當我打算移動步伐時，不曉得從哪裡飛過來的包包正中了白花的頭，打掉她戴在臉上的墨鏡。回頭一看，驢耳朵氣喘吁吁的，白花則是一臉不敢置信的樣子。

「搞什麼？我現在是挨打了嗎？真的假的？」

白花大步走過去，舉起一隻手直接往驢耳朵的頭打下去。驢耳朵連聲音都叫不出來就直接倒地，不曉得是不是昏過去了，一動也不動。白花氣得臉都扭曲了，用閃爍著紅光的瞳孔狠狠瞪著驢耳朵。

「原來是惡鬼啊！」

「巫女姐姐」一發現白花的真實身分後，立刻朝著她的臉揮一拳過去。白花被打到重心不穩，一屁股跌坐到地上。這時「巫女姐姐」用一邊的膝蓋壓在白花的胸口上，固定住她的身體，又用一隻手掐住她的脖子，正打算掏出符咒。結果白花用膝蓋撞了「巫女姐姐」的頭，隨即從下面抽身後站了起來。這時，有某個東西發出喀拉喀拉的聲音，從她的懷裡掉了出來。

「本來想放妳一馬，看來是不行了。」

白花衝上前來。「巫女姐姐」雖然往旁邊一閃，但還是被白花踢中肚子而倒地。我趁她們兩個顧著打架時，把白花掉出來的小塑膠盒撿了起來。

是那個裝珠子的盒子。她一定非常珍惜，才會像這樣隨身攜帶。我抬起頭，看見「巫女姐姐」正被白花掐住脖子。她似乎喘不過氣來，整張臉紅透了，呼吸也很急促。我滿腦子想的是一定要救她。

這附近有一條雙向的六車道。我氣喘吁吁地跑過去，站到車道前面。

「白花，妳看這個！」

我呼喚白花，搖了搖手中的盒子。她停下掐脖子的動作後轉過頭來，一發現我手中的東西是什麼，就立刻拋下「巫女姐姐」，開始往我這邊跑過來。距離越來越近了。我用盡全力將盒子拋向車道。飛出去的塑膠盒在空中畫出拋物線後落在車道中央，發出巨大的聲響。汽車快速地駛近。

「不行！」

白花用盡全力大喊。汽車沒有停下來，而是直接輾過裝珠子的塑膠盒，行駛過去。前輪輾了一次，後輪又輾了一次。不用確認也知道裝在裡面的珠子肯定粉碎了。

一陣嘶吼聲響遍在道路上。不知什麼時候，「巫女姐姐」已經走到我的身邊。我愣愣地往後退了幾步，躲到她的身後。白花抱頭慘叫了好一會兒後，忽然挺起身來，往車道衝過去。她的行動太突然了。注意到白花的車輛都緊急煞車，喇叭聲也輪番響起，周遭頓時吵鬧不已。這時，有一台車超過了其他車輛，快速奔馳而來。白花只盯著珠子粉碎的位置往前衝，結果被那台車撞上，整個人彈飛出去後倒在地上。

該不會死了吧？面對這衝擊性的場景，我們都看呆了。駕駛人從車上下來，小心翼翼地靠近白花。這時，倒在地上的身體動了一下。白花恢復了意識，身體一邊顫抖，一邊急忙往珠子碎掉的地方爬過去。她好不容易到了那裡後，用手聚攏粉碎的珠子碎片，一口全吃了下去。

暫時停下來的車輛中開始有一、兩台車駛離，許多車跟在他們後面加速開走，繼續往各自的方向駛去。一台卡車經過，剛剛還蹲坐在地上的白花，已經重新站了起來。又一台車開過後，白花朝著我們露出笑容。她的臉上布滿黑紅色的血絲。接著又一台公車經過後，白花往我們衝過來，一下子就縮短了距離。

「快逃！」

「巫女姐姐」抓著我的手臂跑了起來。當我們和白花只差幾公尺的時候，她飛速地衝上來撲倒「巫女姐姐」，速度快到之前根本無法相比。「巫女姐姐」被白花從背後勒住脖子，整個人倒在地上。她伸長手臂在地上摸索，撿起旁邊的石頭往白花的頭砸過去。「啪」的一聲鈍響後，白花的身體晃了晃。雖然「巫女姐姐」趁機掙脫了她的束縛，但白花的眼中閃爍著光芒，很快又爬起身來再次衝上去。

我心想，「巫女姐姐」可能打不過她。吞了珠子的白花用超乎常人的凶猛氣勢衝上來，相較之下，「巫女姐姐」已經快筋疲力盡了。不能再這樣下去。不管是什麼，必須想點辦法。快想想，想想……。

突然，一個點子從我腦中一閃而過。我趕緊跑到算命店裡，往裡面的倉庫走去。我在層層疊疊的箱子堆裡東翻西找。應該是放在這裡啊。當我打開角落深處的箱子時，終於找到我要的東西，立即粗暴地撕開外面的塑膠包裝。

又小又黑的東西嘩啦啦地滾落到地上。蠟燭。我重新登入兔子巫女的帳號後，在瀏覽訊息的時候，看到一則奇怪的內容。那個人燒了蠟燭後，朋友就開始扭來扭去，露出痛苦的神色，後來還失去了意識。本來我想直接忽略不管，但又覺得實在奇怪，於是傳訊息問她後續的情況。結果，她回覆了以下的內容：

幸好過幾天後朋友就醒來了。不過，我之前不是說朋友個性變得很奇怪，所以我許願希望他變回原本的樣子嗎？
朋友醒過來後，真的變回原本的樣子了。
他現在對我不再過度執著，也恢復溫和的個性了。
大概是多虧了「願望成真套組」吧？

我以為這只是偶然，而且既然已經順利解決，就沒打算放在心上，但現在我突然覺得當中存有疑點：朋友像變了個人、執著、蠟燭、變回原本的性格。會不會是他的朋友之前被惡鬼附身，結果靠著蠟燭而驅魔成功了？

沒時間確認了。必須馬上做點什麼才行。我把蠟燭擺到地上後，一次全部點燃。一股廉價的香料味充赤著整個倉庫，害我頭暈目眩。這種強度應該夠了。

我回到外面了解情況。她們倆依然在纏鬥，不過「巫女姐姐」的力氣顯然輸了一大截。這時，「巫女姐姐」沒看到地上突起的異物，直接往後絆倒，白花則不斷用腳狂踹「巫女姐姐」的身軀。「巫女姐姐」發出呻吟聲，蜷縮在地上。白花怒氣未消，繼續一邊大喊、一邊用力踩「巫女姐姐」的手臂。

我環顧四下，看到攔阻車輛通行的橘紅色三角錐，於是用雙手把它高舉起來，往白花丟過去。幸虧我一擊命中她的頭，才迫使她把視線轉移到我身上。

白花似乎喃喃自語了些什麼，但我毫不理會，而是繼續把手邊的東西朝她丟過去——其他放在一旁的三角錐、地上的石頭、空飲料罐等，全都往她亂丟一通。

「……夏容，妳怎麼可以這樣對我？」

「妳怎麼可以這樣對我！」

白花大叫著朝我衝過來。就是現在！我趕緊跑到室內，躲在倉庫裡。外頭傳來白花破壞大門闖進來的聲音。她正在靠近倉庫。倉庫的門突然被打開了，一直悶在小房間裡的香氣和煙霧迅速往門縫竄去。

白花吸入香氣和煙霧後，掐住自己的脖子，蹲坐了下來。我猜對了。蠟燭對惡鬼有效。白花昏倒在地，像一隻蟲那樣蠕動個不停，但後來又突然爬起身來衝向我。雖然我好不容易閃避開了，腳上卻踢倒了地上的蠟燭，導致火苗碰到周遭的箱子燃燒起來。頃刻間，巨大的火勢從箱子內的各種物品一路蔓延到窗簾上。我們必須逃出倉庫，但白花還扭著身體在掙扎，讓事情變得棘手。

這時，「巫女姐姐」也抵達了倉庫。看到火勢蔓延的程度，她雖然也非常驚訝，但馬上就反應過來抓住白花的上半身，把她往外面拖。我也跟著往外跑避開火勢。

「放開！放開我！」

白花還在掙扎，「巫女姐姐」從後面緊緊勒住她的脖子。白花的臉上冒出一個個黑紅色的氣泡。感覺稍微碰一下就會爆開來。而且不光是瞳孔，她連眼白都充血而紅通通。當我覺得她看起來快要斷氣時，白花最後又大聲地咆哮。我趁機從口袋裡拿出符咒，塞入白花的嘴巴深處，然後用力扣緊她的下巴和頭頂。白花在意識模糊的狀況下使出最後的力氣扭動整個身軀，還用沒被束縛住的手臂攻擊「巫女姐姐」。

「給我吞下去！」

「巫女姐姐」即使挨打，還是爬起身來，多塞了一張符咒到白花的喉嚨裡。咳到快要斷氣的白花終於停止了掙扎。她只是瞪大眼睛，手指頭抖個不停，接著陷入一片寂靜，連她的呼吸聲都幾乎聽不到。就在我靠過去想確認狀態的那時候，白花的嘴裡吐出了某個東西。是珠子。那個珠子滾到地上，是我到目前為止看過最大而且光芒最燦爛的珠子。

這個時候，天花板上的灑水頭開始噴灑出大量的水。猛烈的水柱不停落下，把我們的身體都浸濕了。或許是累壞了，「巫女姐姐」噗通一聲倒在旁邊的地板上。我站在那裡獨自淋著水，心裡明白這場漫長的戰鬥已經結束。

後記

倉庫失火，堆積的雜物和窗簾全都被燒毀，壁紙也是全被燻黑了，手一碰就會剝落。這是我人生中第一次遇到火災，所以初次看到火勢蔓延時，受到很大的衝擊。在眼前亂竄的火焰，還有到處瀰漫的煙霧，好像一隻馬上會把我吞噬掉的怪物。

不過，火勢很快就被控制住。多虧如此，從結果來看，這場火災其實並不嚴重。堆在倉庫裡的東西大部分都不重要，只要再去買新窗簾，然後重新貼壁紙就好了。真是太好了。

——其實不太好。真正的問題在別的地方，也就是「水」。火熄滅了之後，灑水頭還是一直在運作，所以算命店裡所有東西都被水柱噴濕了。不對，「噴濕」這個字眼並不貼切，說把算命店「水葬了」比較貼近我的心境。我的 iMac、「巫女姐姐」的筆記型電腦、電視、冷氣機、空氣清淨機等全都泡水了，全部變成無法維修的廢物。不僅如此，沙發也吸滿了水，再怎麼擦拭都有一股餿味；壁紙濕掉後，牆壁也面臨發霉的危機；地上全都是水，甚至到了行走困難的地步。幸好火勢沒有大幅蔓延開來，但是……看著眼前淹成汪洋一片，我還是忍不住長嘆了一口氣。

「巫女姐姐」和我連續幾天都在打掃地板。一開始還覺得這是無解的難題，但做了好一陣子後，總算是收拾乾淨，勉強能見人了。當然，沒辦法用的傢俱和電器用品早就全數拋棄，所以現在不只是乾淨的程度，而是變成過度簡約了。

今天是最後收尾的日子，我注意到「巫女姐姐」用單手很不便地蒐集垃圾的模樣。她在跟白花纏鬥的過程中，左手腕的骨頭裂了，所以現在打上了石膏。看到她那個樣子，我心裡覺得很沉重又心痛。結果我還是對「巫女姐姐」吐露了所有真相，也就是告訴她，最近發生的壞事，全都是白花因為要得到我而鬧出來的。

在聽我說這個漫長的故事時，「巫女姐姐」只是默默地用抹布擦著地板，什麼反應都沒有。我很緊張。不管她說什麼，我都打算欣然接受。最後「巫女姐姐」抬起頭，開口說：

「知道了。」

就這樣。我問她沒別的話要說嗎？她的回答很簡潔。

「不然還能怎麼辦呢？」

語畢，她又表示，如果都擦乾淨了，就去丟垃圾吧，然後把我懷裡的垃圾袋一把抱走了。我似乎到現在還是不太了解這個人。

◊ ◊ ◊

白花體內的惡鬼被驅走後，很久都沒有恢復意識，我們只好把她帶到附近的醫院急診室，等了一整天才收到她醒過來的通知。我和「巫女姐姐」一起到醫院探病，得知了幾項情報。白花的本名是白花英，年齡是三十四歲。驚人的是，她說最近五年發生的事情她完全沒有印象。她能回想起來的記憶只有五年以前的日常。也就是她離開老家、孤身一人到首爾過生活，而且在這段期間換了好幾個打工。雖然白花用很迫切的眼神詢問帶她到醫院的我們，知不知道她之前發生了什麼事，但我們都沒辦法回答，因為我們不僅不能說她被惡毒的惡鬼附身的事，除此之外也對她一無所知。

正當我們感到為難時，周遭突然傳來吵雜的聲響。一個年輕女人跑進病房抱住了白花，跟在後面的男人則一直反覆地說：「這是怎麼回事？」聽他們說，他們是白花認識許久的朋友，但幾年前白花單方面斷絕了聯繫，讓他們一直很擔心，今天接到電話得知她住院後才趕過來。幸好被惡鬼附身後，原主人的聯繫方式還是有保留下來。白花雖然一頭霧水但終於安心下來，那對男女也開心地流著眼淚。我們這才放下心來，帶著輕鬆許多的心情離開醫院。

另一方面，那些針對「巫女姐姐」的瘋狂指控也逐漸平息了。雖然也是因為漢娜的證言幫助她擺脫了施暴的嫌疑，但最重要的還是時間的流逝。現在人們關注的焦點都轉移到未婚懷孕的偶像出身的演員身上。我心裡感到苦澀，同時又忍不住覺得慶幸。因為我有一度以為這個痛苦永遠都不會結束。

除此之外，雖然影響相當微小，但其實還有另一個原因。幾天前，有一支影片被上傳到網路上。

見證超人類的存在。「被車撞卻奇蹟生還的怪力女子！」

而且那是驢耳朵頻道上傳的。雖然畫面晃得很厲害不好認，但影片中拍攝的就是白花被車撞後，又爬起來狂奔的畫面。後續內容則是採訪了自稱親眼目睹現場的人，那人主張畫面中的女人是鬼。該頻道之後上傳的影片全是跟這個相似的內容。看來他被白花揍了幾下後，衝擊過大，現在改當製作恐怖題材的Youtuber了。

雖然留言區有百分之九十的內容都是「別鬼扯了」、「你被『巫女姐姐』揍了嗎」，但還是有百分之十的人很感興趣。其中甚至有幾個人發現部分內容跟「巫女姐姐」經常提到的「惡鬼」有關而感到十分驚訝。多虧如此，雖然成長幅度很小，但我們頻道的舊影片觀看次數還是有增加，也有越來越多人相信惡鬼的存在。這是件好事。

不過，除此之外全都是壞事……辦公室淹水，再加上品牌聲譽跌至谷底，YouTube能不能恢復更新還是未知數。我很擔心。我可以繼續待在這裡嗎？「巫女姐姐」以後付得出薪水嗎？雖然我已經重新混進來，正在幫忙打掃辦公室，但這個工作今天也必須收尾了。現在時間是五點五十分。越接近下班時間，我心中的不安就越強烈。這時，「巫女姐姐」走了過來，說道：

「妳明天不用來了。」

擔心的事還是發生了。看來期待她在這種糟糕的情況下拖著我一起前進，果然還是太貪心了。我雖然心裡明白，聽到後還是大受打擊，什麼話都說不出來。

「暫時居家辦公吧！畢竟辦公室都變成這樣了。」

居家……完全沒料想到。沒想到她會讓我居家辦公。怎麼不早點這麼做呢……我把這些想法藏在心裡，開朗地回答：「知道了。」

◊ ◊ ◊

「明天（線上）見。」我們互相道別後，我走在回家的路上，安心地吐出一口氣。

我的職涯發展依然一團糟，而且這個職場規模很小、福利不佳，我還曾經認真考慮過要辭職。但是，至少我今天很慶幸自己能繼續留下來。

作者的話

我回想起寫這本小說的第一篇故事〈隔間噪音彼此訣別符〉的時候。某天夜裡在入睡前，我正努力忍耐著隔壁傳來的噪音，當時腦中浮現了創作的點子，於是便以那個點子作為基礎，在通勤的路上寫作，後來又寫了續篇的故事〈職場上司惡靈退散符〉。結果好運地收到出版的提案，於是開始寫書。從那之後，大概已經過了四年的時間。我繼續一邊上班，一邊寫作。這段期間，幾行的筆記被寫成了小說，而我也換了一次公司，不知不覺從一個新進員工變成了有四年工作經驗的上班族。這個過程並沒有那麼順遂。我總是被時間追趕、被迫面對自己的不足，而且失去越來越多我喜歡和享受的東西。這不單單是因為工作量超出負荷、生活很忙碌，而是那個時期就是如此，看看身邊經歷類似痛苦的人就可以明白。即便如此，我還是繼續寫作。諷刺的是，我之所以能撐過那段期間，最大的原動力就是希望閱讀本書的人能開心。

我欠故事很多。從小，我就喜歡觀看、閱讀並回想故事內容，然後在需要逃避的時候，總是很依賴那些故事。就像這樣，我一直覺得如果本書也能成為其他人的逃生口，讓他們可以暫時笑出聲來，我就別無所求了。所以，希望大家讀得開心。

我有很多要感謝的人：幫忙調查資料的永鎮、基燮和智敏姐，還有一起製作這本書的黃金樹枝出版社同仁、總是為我加油的朋友、成為我力量的家人，以及肯定最替我開心的爸爸。

謝謝大家。

職場上司惡靈退散符～迷惘社畜奮鬥記～
직장 상사 악령 퇴치부

作　　者　李砂丘 이사구
譯　　者　張雅眉
封面設計　萬勝安
內頁排版　高巧怡
行銷企畫　蕭浩仰、江紫涓
行銷統籌　駱漢琦
業務發行　邱紹溢
營運顧問　郭其彬
責任編輯　林淑雅
總 編 輯　李亞南

出　　版　漫遊者文化事業股份有限公司
地　　址　台北市103大同區重慶北路二段88號2樓之6
電　　話　(02) 2715-2022
傳　　真　(02) 2715-2021
服務信箱　service@azothbooks.com
網路書店　www.azothbooks.com
臉　　書　www.facebook.com/azothbooks.read
發　　行　大雁出版基地
地　　址　新北市231新店區北新路三段207-3號5樓
電　　話　02-8913-1005
訂單傳真　02-8913-1056
初版一刷　2024年12月
定　　價　台幣390元

國家圖書館出版品預行編目 (CIP) 資料

職場上司惡靈退散符/李砂丘 (이사구) 著 ; 張雅眉譯. -- 初版. -- 臺北市 : 漫遊者文化事業股份有限公司出版 ; 新北市 : 大雁出版基地發行, 2024.12
304 面 ; 14.8x21 公分
譯自 : 직장 상사 악령 퇴치부
ISBN 978-626-409-018-6 (平裝)
862.57　　113015539

ISBN　978-626-409-018-6